LE

PLESSIS-PIQUET

ANCIEN PLESSIS-RAOUL

1112-1885

PAR

GEORGES TEYSSIER

PARIS

LIBRAIRIE HACHETTE ET Cie

79, BOULEVARD SAINT-GERMAIN, 79

—

1885

LE

PLESSIS-PIQUET

ANCIEN PLESSIS-RAOUL

LE

PLESSIS-PIQUET

ANCIEN PLESSIS-RAOUL

1112-1885

PAR

GEORGES TEYSSIER

PARIS

LIBRAIRIE HACHETTE ET Cⁱᵉ

79, BOULEVARD SAINT-GERMAIN, 79

—

1885

LE

PLESSIS-PIQUET

ANCIEN PLESSIS-RAOUL

Au sud de Paris, entre Meudon, Sceaux et Versailles, le
village du Plessis-Piquet se cache dans un pli de terrain et
descend rapidement, au long de sa « Grande Rue », du plateau
de Châtillon à la vallée de Fontenay.

Flanqué du clocher roman de l'église, le Château est bâti
sur une terrasse très étendue, soutenue de massifs contreforts
dont le lierre cache la vieillesse. Il tourne sa principale
façade vers la coulée du vallon et la vue s'étendrait jusqu'aux
pentes de Fontenay, et par delà jusqu'aux collines fouillées
et stériles de Bicêtre, si les arbres du parc n'étaient venus
tendre leur vert écran devant cette lointaine échappée.

Des vestiges d'anciens fossés, de curieuses voûtes d'arête
dans les caves, un dessin de Chastillon datant du commencement du dix-septième siècle, en nous attestant l'antique

1

origine du château, ont éveillé notre curiosité. Nous avons voulu faire conter à ces vieilles pierres quels personnages elles avaient vus passer.

Les archives du château nous ont fourni la suite complète des actes de transmission de la propriété depuis le 6 juin 1665. Nos recherches personnelles ont réuni des documents complets jusqu'au commencement du quinzième siècle et quelques renseignements remontant au commencement du douzième siècle.

Nous avons essayé de résumer dans cette notice une étude qui nous avait intéressé.

LE PLESSIS PRÈS CHATENAY

(1112—1136)

« [1] Moi Bernier, doyen, et le Chapitre entier de l'Église de Paris, savoir faisons à tous présents et à venir, que Barthélemy et sa femme ont avec notre approbation et permission construit une église dans un village appelé le Plessis, à la condition que cette église et tout ce qui en dépend seraient, comme l'église de Châtenay qui nous appartient, sous notre dépendance et en notre entier pouvoir; quant à eux et à leurs successeurs, ils n'auraient aucun pouvoir, absolument aucun droit tant sur l'église que sur les desservants. Les curés seront à notre gré nommés, chassés, changés, et pour ces nominations ou expulsions, justes ou injustes, l'avis ou le consentement des donateurs ou de leurs successeurs ne sera jamais demandé.

« Barthélemy et sa femme ont aussi fait don au desservant de cette église de deux arpents de terre dans le voisinage du Plessis, avec mention que les droits de justice, de voirie, et

---

1. *Cartulaire de Notre-Dame de Paris.* Guérard, I, 386, nᵒ XXI.

tous les droits qu'ils pouvaient posséder sur ces deux arpents, le desservant les aurait entièrement et sans obstacle ;
ils ont enfin remis entre nos mains cent sols pour acheter
les terres nécessaires à son usage.

« Comme le Plessis est situé dans la paroisse de Saint-
Germain de Châtenay, de peur que quelque contestation ne
s'élève entre le curé du Plessis et celui de Châtenay, il a été
décidé ce qui suit :

« Il y a dans l'année six fêtes principales : Noël, l'Épi-
phanie, la Purification de la Sainte Vierge, Pâques, la Pen-
tecôte, la fête de Saint-Germain de Châtenay. Pour ces six
fêtes, il est nécessaire que tous les habitants du Plessis,
à l'exception des enfants et des serfs, se rendent suivant la
coutume en l'église de Châtenay, dont ils sont les paroissiens, pour y célébrer les messes solennelles et y apporter
leurs offrandes accoutumées. Le curé de Châtenay fera, suivant l'usage, les confessions des hôtes du Plessis, les
visites, les baptêmes, les obsèques des morts, à moins
d'un empêchement absolu. Dans ce cas, le curé du Plessis
remplira ces fonctions et, s'il en revient quelque chose, ce
sera entièrement au profit du curé de Châtenay. Il est
même convenu que si quelqu'un de ces hôtes, se trouvant
malade, offrait pour le bien de son âme sa récolte, du vin,
de l'argent au curé du Plessis, le curé de Châtenay en aurait la moitié. Si cependant le don était fait spécialement à
l'église du Plessis pour son entretien ou son embellissement,
il lui serait attribué entièrement.

« Il est aussi convenu et bien spécifié que ledit Barthélemy et ses successeurs ne recevront sans notre permission
dans le territoire du Plessis aucun habitant de Châtenay
ni aucun habitant des deux villages les plus proches que

l'on appelle Sceaux[1], et qu'en cela surtout ils ne nous
porteront aucun préjudice.

« Fait à Paris, au Chapitre de Notre-Dame, l'an de l'in-
carnation du Seigneur MCXII, indiction cinquième, la quatrième année du règne de Louis[2]. »

(Suivent les souscriptions des témoins pour le Chapitre et
pour Barthélemy.)

Tel est le premier titre authentique faisant mention du
village dont nous essayons de retrouver l'histoire.

Il ne saurait guère en exister d'antérieur, puisque c'est en
quelque sorte un acte de naissance. Jusque-là, le territoire
qui forme aujourd'hui la commune du Plessis-Piquet était
compris dans la vaste paroisse de Châtenay, près Bagneux,
qui s'étendait sur les territoires occupés aujourd'hui par
Sceaux, Fontenay, Antony et le Plessis.

Châtenay, près Bagneux, est un des plus anciens bourgs de
la banlieue de Paris. Il est cité au *Polyptique* d'Irminon[3],
abbé de Saint-Germain des Prés sous Charlemagne ; des
fouilles pratiquées près de l'église, d'autres encore dans une
sablière près de Robinson, ont mis au jour les seuls témoins
que nous ait légués cette époque lointaine : des sépultures[4].

A l'époque de Charlemagne, l'Église de Paris possédait
autour de la ville des territoires considérables, qui, appartenant en commun à l'évêque et aux chanoines, ne formaient
qu'une seule mense. Cette communauté de biens devint une
source de dissentiments, grandissant avec l'importance même
de ces biens, avec la puissance et l'ambition de leurs posses-
seurs. Au concile synodal de Paris tenu en 839 par quatre

---

1. Le petit et le grand Sceaux.
2. Louis le Gros.
3. Lebœuf. *Diocèse de Paris*, Plessis-Piquet.
4. Victor Advielle. *Histoire de la ville de Sceaux.*

archevêques et vingt évêques en l'église de Saint-Étienne,
sur l'emplacement de laquelle fut bâtie plus tard une des
tours de Notre-Dame, Ynchadus, évêque de Paris, procéda
à un partage.

Il donna aux chanoines « pour leur entretien et usage
certains villages et terres dont ils l'avaient prié pour éloi-
gner toutes les suites fâcheuses de l'avenir, afin d'être à
couvert de la nécessité par les émoluments de ces terres et
de n'être point importuns à ce prélat, qui était sans cesse
chargé d'une infinité de soins et d'inquiétudes [1] ».

Ces biens s'étendaient au nord sur le territoire d'Andrezy;
au midi sur Orly, Chevilly, Bagneux, l'Hay, Châtenay et tout
ce qui est adjacent [2].

C'est ainsi que le Plessis se trouva dépendre du Chapitre
de Paris. Nous avons vu par la longue pièce citée en tête de
cette étude comment le village prit plus tard une vie propre et
devint une paroisse distincte, quoique dépendante de Châtenay. La nouvelle église fut consacrée à sainte Marie-Madeleine;
elle fit partie du doyenné de Châteaufort, l'une des sept sub-
divisions du diocèse de Paris. La nomination du desservant,
que nous avons vu réserver avec tant de soin à la libre autorité du Chapitre, se faisait sur la présentation du chanoine à
qui était échue la 37e partition [3].

Cependant le territoire tout entier des villages cités plus
haut n'appartenait pas, loin de là, au Chapitre de l'Église
de Paris. Partout il y avait des fiefs dépendants soit du roi,
soit d'autres suzerains. C'est ainsi qu'au Plessis il y avait
une terre indépendante de l'Église de Paris. « Pour la seigneurie du Plessis, disent les papiers mêmes du Chapitre,

---

1. *Parvum pastorale*, 165. *Littera*, 92.
2. C'est ainsi que le territoire de Malabry prit son nom d'un chanoine de
l'Église de Paris.
3. Lebœuf. *Diocèse de Paris*, Plessis-Piquet.

l'aliénation ou l'usurpation sur le Chapitre sont anciennes, et l'on n'en peut assigner la date[1]. »

Quel qu'ait été le mode d'acquisition, un des propriétaires primitifs avait affirmé sa prise de possession en entourant jalousement ses champs, qui forment aujourd'hui le parc du château, d'une forte palissade, et le village qui s'était groupé peu à peu auprès de cette terre close en avait pris le nom de « Plessis ».

En effet, le nom de Plessis, très répandu dans le nord de la France, n'est pas un nom propre de lieu ; c'est une simple désignation, un vieux mot encore en usage dans le parler normand, qui désigne une certaine contenance de terre close de pieux et de branches d'arbres entrelacées[2]. Il n'y avait pas moins de vingt-quatre Plessis dans la seule juridiction du Parlement de Paris[3]. Ils se distinguaient les uns des autres par une appellation spéciale, rappelant soit la disposition naturelle du lieu, soit le genre des constructions, soit enfin la famille propriétaire du fief.

En 1112 le Plessis naissant n'a pas encore d'histoire et pas encore de nom ; village groupé autour de l'enclos, du Plessis seigneurial, il s'appelle simplement le Plessis près Châtenay : *Plessiacum juxta Castanetum*. Un nouveau propriétaire va lui donner son nom, et il deviendra pour plus d'un siècle le Plessis-Raoul.

1. *Archives nationales*, S. 203, n° 31.
2. Littré. *Dictionnaire*. Voyez *Plessis*, au Supplément.
3. *Dictionnaire de Sangrin*, 1726. Voyez *Plessis*.

LE PLESSIS-RAOUL

(1188—1400)

————

« Raoul était chambrier de France en 1186, comme enseigne une charte du trésor royal », nous dit le P. Anselme
dans son *Histoire généalogique*[1]. C'est ce même Raoul que
nous voyons figurer à cette époque dans une liste des
chevaliers de la châtellenie de Paris, qui tenaient leur fief du
roi, sous le nom de Raoul du Plessis[2]. Pour imposer son
nom au pays, il fallait un personnage de marque, riche et
puissant; c'est bien l'impression que laissent les différents
passages des cartulaires de Notre-Dame où il est représenté
comme tenant en fief, outre le Plessis, des terres considérables et de nombreux immeubles à Paris.

Voici ces quelques documents que nous avons pu retrouver.

En 1196, sous le règne de Philippe Auguste, la dernière
année de l'épiscopat de Maurice de Sully, Anseau de Che-

1. Anselme et Dussuruy. *Histoire généalogique*, t. VIII, p. 403, A.
2. Bibl. nat., Mss. Fonds Dupuy, 635, n° 1209.

tenville, et Aaliz sa femme, vendant à l'Église de Paris, au prix de 20 livres, toute la dîme qu'ils possédaient à Châtenay en terres labourables et en friches dépendant du fief de Jehan de Bevre, Raoul du Plessis figure dans l'acte de vente comme caution avec Gaultier de Chaterun [1].

Quelques années plus tard, sous le règne de Louis IX, en novembre 1229, Nicolas Brunel et sa femme Amelina, vendant à la corporation des drapiers de Paris 11 livres 9 deniers parisis de croist de cens [2], qu'ils avaient à Paris au lieu dit Cul-de-Sac [3], tous les tenants supérieurs de cette propriété se font attribuer une certaine somme en échange de leur consentement et garantie; parmi eux figurent Raoul du Plessis et Aaliz son épouse, pour 10 livres [4].

Un acte de la même année nous apprend qu'il avait un fils du nom de Guillaume du Plessis. Celui-ci fait hommage au Chapitre de Paris pour une grande maison près de Saint-Germain l'Auxerrois que Théobald du Plessis tient de lui en fief ; il fait également hommage des mêmes cens qu'il possède à Paris, sauf pour vingt et un deniers qu'il tient du roi, rue de la Pelleterie [5].

L'année suivante, 1230, Raoul du Plessis, homme d'armes, d'accord avec sa femme et son fils aîné, fait abandon à l'Église de Paris de tous ses droits sur cinq quartiers de pré situés « *juxta rivum merdosum* » [6].

Enfin, en 1238, nous voyons Raoul du Plessis tenir en fief de l'évêque de Paris divers biens vendus au Chapitre par Jehan de Chetainville et sa mère Jeanne remariée à Gui de Ver-le-Grand ; ce sont : un moulin dit de Jullard, deux

---

1. *Magnum pastorale*, liv. III, § VII.
2. Sorte de rente susceptible d'augmentation.
3. Aujourd'hui impasse Berthaut, aboutissant dans la rue Beaubourg.
4. *Cartulaire de Notre-Dame*. Guérard, III, 65.
5. *Cartularium Episcopi*, CLXXVI.
6. *Magnum pastorale*, liv. XXII, § XXII.

maisons rue de la Juiverie[1], une autre près du cimetière de
Saint-Séverin ; enfin divers fiefs tenus par Guillaume *de
Cenziamus*, Nicolas de Rosny et Jehan *de Roseriis*, dit Bo-
cicaut.

Tels sont les titres parvenus jusqu'à nous touchant celui
qui donna son nom au Plessis. Après lui et son fils Guillaume, le fief passa aux mains de Guiart du Plessis, que nous
fait connaître une pierre tombale conservée au chœur de
l'église. On y voit, sous deux arcades en ogive, l'homme en
armes, sa femme auprès de lui ; à leurs pieds le chien
symbolique. Une inscription très effacée, en capitales go-
thiques, encadre la pierre. On y lisait[2] : Cy gist Guiart
du Plessis, escuier, qui trespassa le premier jour d'août
l'an 1317. Priez pour l'âme de li. — Et ici gist demoiselle Genevieve de la Farc, laquelle trespassa l'an 1336 le
mercredi de....

Les documents font défaut pour la fin du quatorzième siècle.
La guerre civile et la guerre étrangère ravageaient la France.
En 1360, le Plessis-Raoul dut être occupé par l'armée anglaise
d'Édouard III, qui campa pendant quelques jours au sud de
Paris, et notamment à Bourg-la-Reine et à Châtillon. Peut-
être le lieu dit « les Angliches », proche le parc, conserve-
t-il le souvenir de leur campement.

Au commencement du quinzième siècle, le fief, prenant
le nom d'un nouveau propriétaire, devient le Plessis-Raoul,
dit Piquet. C'est ainsi qu'on le nomme encore aujourd'hui.

1. Partie de la rue de la Cité comprise entre la rue de la Calandre et celle
de la Vieille-Draperie.
2. Lebœuf. *Histoire du diocèse de Paris.*

JEAN PIQUET

(1400—1423)

Jean Piquet, qui a laissé son nom au Plessis, était fils de Guillaume Piquet et de Perrette de la Haye, fille de Renault, seigneur d'Ectot.

Cette famille de la Haye remonte à Jean, chevalier banneret, figurant au rôle du Cotentin de 1304 ; la terre de la Haye était située dans le diocèse de Coutances et l'élection de Valognes [1]. Jean Piquet ajouta de bonne heure au nom de son père celui de la famille de sa mère et devint Jean Piquet de la Haye ou Jean de la Haye, dit Piquet. C'est ainsi qu'on le trouve nommé dans les pièces et mémoires du temps. Il épousa une demoiselle Dupuis, dont la famille possédait une maison à Paris, rue de l'Averon [2].

Jean Piquet était un des familiers du roi Charles VI. Il est cité, avec le titre d'écuyer, dans une liste des « seigneurs, chevaliers, escuyers et autres officiers du Roy notre

---

1. La Chesnaye des Bois. *Dictionnaire de la Noblesse.*
2. Félibien et Lobineau. *Histoire de Paris*, Pièces justificatives.

Sire auxquels ont été délivrez par ledit seigneur houppe-
landes, pour eux vestir de la livrée que icelui seigneur
a faite le premier jour de mai 1400 jusques au nombre
de 350 [1] ». En tête de la liste figure le roi lui-même, puis
le dauphin, les ducs de Berry, de Bourgogne, etc.

Deux ans plus tard, dans un don fait par Charles VI au
duc de Berry, il figure au nombre des « amés et féaulx conseillers sur le fait des aides ordonnées pour la guerre » avec
l'archevêque de Sens, Thibault de Mezeray, Gontier, Col et
Jehan Tapperel [2].

Ce fut l'époque de la grande prospérité de Jean Piquet. Il
devint propriétaire du Plessis, qui dès 1407 portait son nom,
comme le prouve une pièce relative à des difficultés survenues
entre le Chapitre et le curé du Plessis, Jean Guatier. La reine
Isabeau lui marquait une bienveillance particulière, dont on
retrouve la trace dans les comptes de la maison de la reine.

« Jehan Piquet, escuier, conseiller du Roy notre Sire et de
la Reine. Auquel ladtie dame, par ses lettres données le
dix-septième jour de décembre l'an 1412, mande bailler et
délivrer par ledit trésorier des deniers des finances d'icelle
dame, pour l'année finie le derrenier jour de septembre l'an
dessus dit, la somme de trois cents livres que ladite dame lui
a donnez par ses dites lettres pour avoir une haquenée pour
lui, pour considération des bons et agréables services que le
dit Piquet a faiz et fait chacun jour au Roy notre dit Seigneur
et ladite dame et espère icelle dame que encore face [3]. »

On sait l'état de la France à cette époque : le roi fou, la
reine méprisée, les ducs oncles du roi, se disputant le pouvoir, ne songeant qu'à accroître leurs possessions et leur
fortune, la guerre civile partout.

1. Douet d'Arcq. *Pièces inédites du règne de Charles VI*, LXXXIII.
2. Douet d'Arcq. *Ibid.*
3. *Archives nationales*, K. K. 48, f° 119.

Profitant de cet affaiblissement du pouvoir royal, les Anglais parcouraient sans résistance la Guyenne, sous le commandement du duc de Clarence. Il fallait à tout prix venir au secours de cette province, mais les finances du roi étaient entièrement épuisées. « On délibéra de dépescher des exprès vers les villes pour leur mander de la part du Roy d'envoyer leurs députés à Paris, afin d'adviser à ce qu'on pourrait faire dans une aussi pressante conjoncture. Il fut aussi ordonné que le corps de la ville y assisterait, avec celui de l'Université[1]. »

Cette assemblée, par la bouche de ses orateurs, le vénérable abbé de Moustiers-Saint-Jean, maître Benoît Genton, religieux de Saint-Denis, et un docteur de l'ordre des Carmes, exposa la misère du peuple, les lourdes charges qu'il portait, et accusa avec la plus grande violence les collecteurs et les dispensateurs des finances du roi, les nommant ouvertement, montrant leurs malversations, leurs rapines et leurs concussions.

« Ils rappelaient que 94 000 francs d'or suffisaient anciennement pour la dépense journalière et pour soutenir magnifiquement l'estat des Roys, des Reynes et des Enfans de France. Les créanciers estaient bien payés, et cela ne se fait plus aujourd'hui; quoique pour y satisfaire pour votre maison, pour celle de la Reyne et pour celle de M. de Guienne, le sire de Fontenay et un autre nommé *Piquet* en reçoivent tous les ans 450 000 des maistres de la Chambre aux deniers, encore ne payent-ils pas les provisions. Que si l'on y mettait ordre par une bonne réformation, Votre Majesté reconnaîtrait qu'ils se sont enrichis outre mesure, que c'est de son argent qu'ils se sont donné cette quantité superflue de toutes sortes de beaux meubles et qu'ils

---

1. Le Laboureur. *Histoire de Charles VI*, liv. XXXII, chap. XIII et XIV.

se sont basty des palais somptueux qui surpassent l'éclat et
la pompe des maisons royales[1]. »

Il est permis de supposer, d'après cette violente attaque,
que c'est à cette époque que fut construit le château du
Plessis-Piquet.

Si ces accusations passionnées ne purent porter atteinte à
la situation de Jean Piquet, elles nous montrent du moins à
quel point il était impopulaire. Son attachement très connu
pour la reine, dont il était l'ami et l'homme de confiance,
n'était pas propre à lui rendre la faveur du peuple de Paris.

La reine n'était pas aimée ; sa qualité d'étrangère, sa
liaison avouée avec le frère du roi, le duc d'Orléans, la ren-
daient odieuse. La démence, ou, selon le terme du temps,
l'occupation du roi, l'avait faite quelque temps toute-puis-
sante. Après l'assassinat du duc d'Orléans, hésitante entre
les Bourguignons et les Armagnacs, exilée à Tours, puis menant à Vincennes une vie galante, son caractère et sa con-
duite soulevaient une réprobation générale. Le jeune dauphin,
duc de Guienne, supportait mal la tutelle de sa mère et de ses
oncles. Le caractère de celui qui devait faire assassiner Jean
sans Peur au pont de Montereau commençait à se dessiner.

Au mois d'avril 1415, « la Reyne et le duc de Guienne
estaient en la ville de Melun, avec eux plusieurs des
princes du royaume de France ; mais secrètement, à peu de
gens, de là se partit le duc de Guienne et s'en alla à Paris
et fist sçavoir aux princes qui avec la Reyne estaient qu'ils
s'en rallassent à leurs hostels tant que le Roy ou lui les
manderaient. Le duc de Guienne, sçachant que la Reyne sa
mère avait grans finances ès hostels de Michault de Lail-
lier, Guillaume Sanguin et Piquet de la Haye, fit prendre
toutes icelles finances et porter en son hostel. Puis après

1. Le Laboureur, liv. XXXII, chap. xiii et xiv.

manda et assembla ceux de l'Université de Paris, les pré-
vosts de Paris et des marchands, et plusieurs bourgeois de
ladite ville, auxquels il fist remontrer par l'évesque de
Chartres comment le royaume et le roy son père étaient
gouvernez;... en disant qu'il était ainsné fils de France et
que plus ne voulait souffrir telle destruction des biens du
royaume; en faisant déclarer que pour le bien public du
royaume il avait prins et prenait le gouvernement de
icelluy en le notifiant à eux et à tous autres à quoi il
appartenait ou pouvait appartenir[1]. »

Cette tentative du dauphin pour saisir le pouvoir n'eut pas
de résultat politique important. Quant à Jean Piquet, la violence qu'il subit en cette occasion ne réussit pas à le détacher
du parti de la reine, et si grande était sa faveur auprès d'elle,
qu'elle vint l'année suivante faire un séjour au Plessis-Piquet.

Le souvenir en a été conservé dans un manuscrit des
Archives[2]. « C'est le compte de Thomas le Bailly, clerc des
offices de l'hostel de la Reyne, de l'argent par lui reçu pour
et par l'ordonnance d'icelle dame. Pour son bon plaisir et
vouloir pour 23 mois et 18 jours commençant le 15e jour
de mars 1415 et finissant le 19e jour d'avril 1417. »

Les gens du village s'empressèrent au-devant de la reine,
lui firent un présent et durant son séjour lui offraient les
produits de leurs vergers. Isabeau faisait en échange remettre une petite somme par les gens de sa suite. Le clerc
note soigneusement qu'il a remis :

« A Diom Menart, qu'il avait payé du sien et baillé par
l'ordonnance de la Reyne aux gens Piquet qui avaient fait
certain présent à ladite dame. . . . . 15 sols[3]

---

1. *Histoire de Charles VI*, par Jean Le Frêne, vicomte de Saint-Remy,
chap. LIII.
2. KK. 49, *Menus plaisirs de la Reyne*.
3. KK. 49, n° 152.

« A Thévenin Bridel qu'il avait presté du sien et donné par ordonnance de la Reyne à une bonne femme qui lui avait donné et présenté du fruit au Plessis-Piquet, par commandement de Jehnote. . . . . 8 sols[1] »

Jehnote, c'est Jeanne, la fille du duc d'Orléans, qui était restée l'amie de la reine. Celle-ci s'était transportée au Plessis avec toute sa maison; deux autres personnes de sa suite sont désignées dans l'article suivant :

« A maistre Guillaume le Baudreyer, contrôleur de la Chambre aux deniers de la Reyne, pour les dépens de lui, ses gens et chevaux fais pour deux jours qu'il a esté du Plessis-Piquet à Paris devers monsieur le Chancelier de ladite dame pour faire et besoingner certaines choses à lui enchargées par ladite dame par commandement de Madame de Nomant le 4e jour de juillet 1416. . . . . . 54 sols[2] »

Pour faire passer le temps à la reine, on fit venir un jongleur, et l'intendant inscrit encore :

« A la Reyne comptant pour Ysabeau de la Fauconière pour bailler à un joueur de basteau nommé Matthieu Lestuveur qui avait joué devant ladite dame au Plessis-Piquet le 1er jour de juillet. . . . . 18 sols[3] »

En quittant le château de Jehan Piquet elle se rendit à Saint-Germain; ses fourriers étaient partis en avant :

« A Jehan de Ruys pour ses despens à aller devant du Plessis-Piquet à Saint-Germain-en-Laye par commandement de Biétrix de Ry. 5 juillet 1416. . . . . 8 sols[4] »

Ces mêmes comptes nous apprennent que Jehan Piquet de la Haye avait su placer un de ses parents comme confesseur auprès de la reine. Nous y trouvons en effet :

1. KK. 49, *Menus plaisirs de la Reyne*, n° 137.
2. KK. 49, n° 138.
3. KK. 49, n° 141.
4. KK. 49, n° 134.

« A frère Guillaume de la Haye, confesseur de la Reyne, pour faire les offrandes et autres oblations d'icelle dame en l'église de Senlis, le jour de la Chandeleur, par commandement de Biétrix de Ry. Le dernier jour de janvier 1417. 36 sols[1] »

Cependant la France, divisée entre les deux partis rivaux, les Armagnacs et les Bourguignons, offrait à l'étranger une proie facile. Henri V, roi d'Angleterre, qui n'avait pas poursuivi ses avantages après la sanglante bataille d'Azincourt, rentra en campagne (1417).

A cette nouvelle, le roi rassembla une armée et une flotte de « neuf grosses caraques de Gênes, la *Montaigne nègre* et autres navires qui étaient devant Harfleur. » Piquet de la Haye, qui était devenu trésorier général des finances, sembla justifier en cette occasion les accusations qu'avait portées contre lui l'assemblée de 1412. Nos troupes furent battues, deux caraques prises, deux autres coulées, « et eurent grand blame de cette perte, Piquet de la Haye, trésorier général de France, et maistre Régnier de Baullegny, qui estaient commis à payer les gens d'armes et avitailler cette armée navale, car elle n'était pas chargée de gens d'armes à moitié; mesme il restait encore, quand les Anglais vinrent, grande quantité de gens d'armes sur la terre demeurés par défaut de les soudoyer et de payement; et pour ce fut ainsi perdue cette armée, qui fut un grand dommage[2] ».

Tous les historiens de l'époque rejetèrent sur Piquet de la Haye la responsabilité de cet échec, dont les résultats furent désastreux. La Normandie tout entière, Rouen même après une héroïque défense, tombèrent aux mains des Anglais. Ce fut un coup terrible à la fortune du seigneur du Plessis. Sa disgrâce fut complète. Une lettre adressée de Coutances à

---

1. KK. 49, *Menus plaisirs de la Reyne*, n° 428.
2. Juvénal des Ursins. *Histoire chronologique de Charles VII.*

Henri V, le 15 juin 1421, nous montre « Piquet et sa femme s'enfuiant d'Angers à La Rochelle par crainte du dauphin, car ce dernier a envoyé à Angers pour les arrêter [1] ».

Tandis qu'il était ainsi traqué par les gens du dauphin, à Paris tous ses biens étaient confisqués par les Anglais, maîtres de la capitale. Son hôtel, situé rue Molart, aussi appelée rue Piquet, près des Blancs-Manteaux, dont le jardin s'étendait jusqu'aux anciens murs de la ville et communiquait avec la rue du Temple, était donné à Richard de Beauchamps, comte de Warwick, gouverneur de Paris et régent de France en l'absence du duc de Bedford [2].

La terre du Plessis fit l'objet d'une donation spéciale, conservée aux Archives [3] :

« Henry, par la grace de Dieu, roi de France et d'Angleterre, savoir faisons à tous présens et à venir : Que pour considération des bons et aggréables services que notre bien aimé Guillaume de Dangueil, escuier, a faiz ès temps passés à feux nos très chers seigneurs, ayeul et père, les rois Charles et Henry derniers trespassés, que Dieu absolve, on fait de leurs guerres et anciennement en plusieurs et diverses manières, fait de présent à nous et espérons que encore fait en temps advenir, et pour certains avis, causes et considérations aressortissants, mouvants audit Guillaume, par l'advis et délibération de notre très cher et très saint oncle Jehan régent notre royaume de France, duc de Bedford, avons donné, cédé, transporté et délaissé, donnons, cédons, transportons et délaissons, de notre grâce spéciale, pleine puissance et auctorité royale par ces présentes, les seigneuries, maisons, terres, cens, rentes, revenus et possessions quelconques de Prye en

1. Mss. Brequigny, n° 80, f. 223, cité par Vallet, *Histoire de Charles VI.*
2. Sauval, *Histoire de Paris,* t. III.
3. *Archives nationales,* JJ. 172, n° 420.

la comté de Nevers, du Plessis-Raoul dit le Plessis-Piquet et
de la Bourselière en la vicomté de Paris, avec leurs appartenances et appendances tenues noblement et anciennement
qui furent et appartindrent, c'est à savoir : ladite terre et
seigneurie de Prye à Jehan de Prye, chevalier, et lesdites terres
et seigneurie du Plessis et de la Bourselière à Jehan Piquet
et à sa femme, jusque à la somme de deux cents livres de
rente par chacun an, ce icelles seigneuries et terres ne ex-
cèdent ladite somme de deux cents livres, par en regard au
temps de quinze ans. Lesquelles seigneuries et terres ci-dessus dites sont à nous advenues, escheues et confisquées parce-
que ledit Jehan de Prye et Jehan Piquet et sa femme se sont
rendus et constitués nos ennemis et adversaires, rebelles et
désobéissants à nous et tenens le parti de Charles de Valois
notre ennemi et adversaire, et voulons que d'icelles seigneuries,
maisons, terres, cens, rentes, revenus et possessions dessus
dites avec leurs appartenances et appendances quelzconques,
ledit Guillaume de Dangueil joysse et use pour lui, ses hoirs
masles légitimes issans et venans de lui en directe ligne, à
tousiours mais plainement et paisiblement pournenquelles
ne soient de notre ancien domaine, ne données à nous par
feu notre dit feu seigneur et ayeul, par l'advis et délibération
de notre dit seigneur et père, ou nous par l'advis et délibération de notre dit oncle et que ledit Guillaume ses dis hoirs
paieront les charges et feront les devoirs pour ce dus et
accoustumez. Et donnons en mandement par ces présentes à
nos amez et feaulx conseillers, les gens de nos comptes
à Paris, trésoriers et généraux gouverneurs de toutes nos
finances, les comissaires par nous ordonnés sur le fait des
confiscations et forfaitures escheues et à escheoir en notre
royaume de France et aux bailli de Saint-Pierre le Moustier
et prévost de Paris et à tous nos autres justiciers et officiers
ou à leurs lieutenants présents et à venir, et à chacun d'eux

comme à lui appartiendra, que de nos présentes, gain, don,
cession et transport dessus dit, facent, souffrent et laissent
joir et user plainement et paisiblement ledit Guillaume et
ses diz hoirs par la manière que dessus. Sans en ce leur
faire ou donner ni souffrir estre fait ou donné ores ni pour
le temps advenir descombre ou empeschement en quelque
manière que ce soit ; mais si aucun leur estait fait ou donné,
leur mettent ou facent chacun en droit foy à plaine deli-
vrance. — Et afin que ce soit chose ferme et stable à tousiours, nous avons fait mettre notre scel à ces présentes, sauf
en toutes choses nos droits et l'autruy en tout. — Donné à
Mantes, le 26ᵉ jour de septembre, l'an de grace mil quatre
cent vingt-trois et de notre règne le second. — Ainsi signé
par le Roy à la relation de monseigneur le régent duc de
Bedford.

« J. DE RINE. »

Que devint Jean Piquet de la Haye dans un tel désastre?
Nous savons seulement qu'il mourut avant l'année 1431,
une pièce de cette date citée par Sauval donnant à sa femme
le titre de veuve.

Nous avons essayé de reconstituer, un peu longuement
peut-être, la vie de ce personnage ; mais il avait un titre
spécial à notre intérêt : il a donné son nom au Plessis-Piquet.

GUILLAUME DE DANGUEIL

(1423—1426)

———

Le château ne resta pas longtemps entre les mains de Guillaume de Dangueil. Lorsque le patriotisme ardent et tenace de Jeanne d'Arc eut repoussé les Anglais et que Charles VII put rentrer à Paris, il dut y avoir représailles des spoliations violentes qui avaient accompagné l'occupation de l'armée étrangère. Il nous a été impossible cependant de savoir si Guillaume de Dangueil se vit arracher ce fief donné par le vainqueur ou s'il put le transmettre régulièrement.

Quoi qu'il en soit, le Plessis-Piquet passa à cette époque dans la famille des Charles, où il devait rester plus d'un siècle et demi.

LES CHARLES

(1426—1609)

————

Les Charles[1] portent : *d'argent à trois pals de gueules, à la fasce de sable brochant sur le tout, chargée de trois molettes d'or.*

En 1410 un Jacques Charles était valet de chambre du roi Charles VI.

Son fils, Simon Charles, chevalier, devint seigneur du Plessis-Piquet après la défaite des Anglais et leur expulsion de Paris. Il épousa Isabeau d'Orgement, dame de Grand-fontaine en Brie. Leur fils, qui portait le même prénom, fut nommé de bonne heure conseiller et maître des requêtes de l'hôtel du roi : Charles VI l'employa à une négociation avec le duc de Bourgogne, à la suite de laquelle il reçut cinq cents livres pour l'aider à supporter les charges et dépenses de son voyage et le dédommager des périls courus. Les chemins ne devaient pas être fort sûrs, car on voit le

————

1. *Les Généalogies des maistres des requestes de l'hostel du Roy,* par François Blanchard.

négociateur partir sans bagages, vu le peu d'espoir de les conserver.

En 1430 le seigneur du Plessis-Piquet fut envoyé comme ambassadeur vers Frédéric, duc d'Autriche, pour traiter le mariage de Mme Radegonde de France, fille aînée du roi, avec Sigismond d'Autriche, fils aîné du duc. Le contrat fut passé à Inspruck le 22 juillet.

Aux charges dont il était déjà titulaire, Simon Charles joignit encore celle de commis au gouvernement de toutes les finances du roi par deçà les rivières de Seine et d'Yonne et celle de maître ordinaire en la Chambre des Comptes à Paris. Il fut président de cette compagnie de 1437 à 1462.

Il avait épousé Anne de Canlers, sœur de Charles de Canlers, secrétaire du roi Charles VII. Il en eut six enfants.

L'aîné, Nicolas Charles, seigneur du Plessis-Piquet et de Grandfontaine en Brie, s'allia à Jehanne Bochart, fille de Jehan Bochart, seigneur de Noroy, avocat en la cour du Parlement de Paris. Ils furent tous deux enterrés dans l'église du Plessis-Piquet. Leur pierre tombale a été conservée et l'abbé Lebœuf en a relevé l'inscription :

« Ci gist noble homme Nicolas Charles, seigneur du Plessis et de Grandfontaine, lequel trespassa l'an quinze cent.... Aussi gist damoiselle Jehanne Bochart, en son vivant femme dudit seigneur, laquelle trespassa le 27e jour de décembre l'an 1557. »

L'année de la mort de Nicolas Charles, illisible sur la pierre tombale, est postérieure à 1577, car nous avons trouvé un décret fait à la suite d'une vente de terre au Plessis-Piquet qui porte la mention suivante :

« Je, Nicolas Charles, escuyer, seigneur du Plessis-Piquet, certiffie que ce jour d'huy j'ai saisy et vestu, mys et receü en possession et saisine noble homme Me Symon de Cressey,

conseiller du Roy, général en la court des monnoyes, acques-
teur des héritages mentionnez au décret cy dessus mentionné
estans en ma censive, moyennant ung payement dont je le
quicte sauf mon droict et l'aulthruy; tesmoing mon seing
manuel cy mys le vingt sixième jour de janvier l'an 1577.

« NICOLAS CHARLES[1]. »

Il avait eu deux filles et cinq fils.

L'aîné, Anthoine Charles, seigneur du Plessis-Piquet, un
des cent gentilshommes de la maison du roi, épousa en
premières noces Jehanne de Villetain et en second lieu
Magdelaine Maillart, fille d'André Maillart, conseiller au
Parlement de Paris et veuve de René de Canlers, seigneur du
Breuil. Il mourut le 3 février 1599. Il avait eu de son second
mariage quatre filles[2] et trois fils.

L'aîné, Claude Charles, fut seigneur du Plessis-Piquet en
partie. Il est probable que ses deux frères, César et Louis,
eurent les terres situées à Meudon et à la Bourselière. Lui-

---

1. *Archives nationales*, S. 4217.
2. Une de ces filles, Louise, avait épousé Philippe de la Mothe, chevalier,
seigneur de Houdancourt, dont elle eut trois enfants. Ces trois petits-fils de
Anthoine Charles furent célèbres à divers titres :
Claude de la Mothe, capitaine-lieutenant de la compagnie des chevau-légers
du duc de Mayenne, mourut en 1622 de blessures reçues au siège de Montpellier.
Daniel de la Mothe-Houdancourt fut évêque de Mende, grand aumônier de
Henriette-Marie de France, fille de Henri IV, femme de Charles Ier, roi d'Angleterre.
Philippe de la Mothe-Houdancourt, comte de Beaumont-sur-Oise, seigneur de
la Fayelle, fut fait maréchal à trente-sept ans (1642), en récompense de ses
victoires sur les Espagnols, créé duc de Cardonne, vice-roi et lieutenant
général des armées du roi. Deux ans plus tard, cet homme, qui, dit Saint-Simon,
« n'avait d'appui que ses actions et son mérite », en butte aux intrigues de la
cour, se vit accuser de haute trahison et jeter en prison dans la forteresse de
Pierre-Encise. Il y resta quatre ans avant d'entendre le parlement de Grenoble
proclamer son innocence. Il mourut pauvre en 1657.

même ne garda pas le château. Le 1ᵉʳ décembre 1609 il le
vendit à Louis Potier, seigneur de Gesvres, secrétaire d'État.

De cette longue possession (1425-1609) de la seigneurie
du Plessis par la famille des Charles il ne resta que peu de
traces : une pierre tombale au chœur de l'église et une fon-
dation datant du 4 août 1615, c'est-à-dire postérieure à la
vente, de « trois messes haultes vigiles et recommandaies
qui devaient être dites dans la première semaine du mois de
janvier ». Ce service annuel était assuré par le don fait à
l'église du Plessis-Piquet d'un petit bois de trois arpents
dont le bail à rente foncière rapportait 25 livres [1].

Ces messes solennelles, destinées à perpétuer le souvenir
de cette famille dans le pays, ont elles-mêmes cessé d'être
dites, et le nom des anciens seigneurs du Plessis est aujour-
d'hui complètement oublié.

1. *Archives nationales*, S. 3582.

LES POTIER

(1609—1663)

— —

Les Potier étaient d'une ancienne famille de la haute bourgeoisie de l'Ile-de-France, enrichie dans le commerce des fourrures et dans l'exercice des emplois publics. Ils portent : *d'azur, à deux mains dextres d'or, au franc quartier échiqueté d'argent et d'azur.*

Ils prennent rang à la cour avec Simon Potier, seigneur de Groslay et de Blancmesnil, qui vivait sous Charles VI. La famille se divisa en deux branches, les Novion et les Gesvres.

C'est à cette dernière branche qu'appartenait Louis Potier qui, en 1609, ajouta à ses autres titres celui de seigneur du Plessis-Piquet. Il était le second fils de Jacques Potier et de Françoise Cueillette, dame de Gesvres. C'est par sa mère que la terre de Gesvres, qui devait être érigée en duché, entra dans la famille.

Nommé secrétaire du roi en 1567 et secrétaire du Conseil en 1578, Louis Potier sut s'attirer la faveur de Henri III. Chargé de diverses négociations, il fut entre autres, au moment où le roi et Henri de Guise semblaient prêts à partager

la France en deux camps, envoyé à l'armée de Poitou pour
accompagner et aussi surveiller le duc de Nevers. Celui-ci,
qui désirait le gouvernement de Champagne et savait l'influence de Potier sur le roi, le reçut bien et, par son entre-
mise, obtint en effet, après l'assassinat du duc de Guise à
Blois, ce gouvernement dont le Balafré était titulaire. Potier
lui-même, nommé secrétaire d'État (1589), reçut du roi
tous les papiers trouvés chez le duc : dépôt précieux qui
mettait entre ses mains de dangereux secrets. En même
temps il était chargé de traiter avec le roi de Navarre. Il
eut ainsi l'occasion de se faire apprécier du futur Henri IV,
qui, à son avènement, lui conserva ses charges et lui confia
l'affaire de la conspiration de Biron.

Louis Potier avait épousé Charlotte Baillet, fille de René
Baillet, seigneur de Sceaux, Tresmes, Silly, etc., et d'Isabeau
Guillard. Devenu seigneur de Sceaux (1597) par l'achat qu'il
fit de cette terre à ses belles-sœurs, il y fit construire un
château et obtint du roi qu'il l'érigeât en châtellenie au
profit de son fils Antoine. Il obtint également pour lui la
survivance de sa charge de secrétaire d'État en 1606. Délivré
du souci des affaires, il acheta dans le voisinage de Sceaux la
terre de Plessis-Piquet en 1609.

Louis Potier prit le Plessis comme une retraite tranquille,
où, loin de la cour et de la vie officielle, il pourrait se reposer
des affaires et vivre à sa guise. Claude Chastillon, qui à cette
époque publiait sa *Topographie française* où il avait gravé
les principaux châteaux de France, y faisait figurer le Plessis-
Piquet, avec la mention « maison de plaisir. ».

C'était une grande construction, s'élevant sur trois côtés
d'un parallélogramme. La gravure que nous en a laissée
Chastillon correspond bien à ces temps où, sous une civili-
sation plus raffinée, régnait encore un constant appel à la
force; il reste quelque chose de l'ancienne architecture

De Gesvre est peinct icy, De Gesvre dont la France
En affaires d'estat reconnoist la prudence
Qui fidele a son Prince, au peuple officieux
Parmy l'heur d'icy bas tend a celuy des Cieux

Louis Potier, Sgr. de Gesvres, Secretaire d'Etat
N. Briot fecit.   1589

militaire dans cette large terrasse qui isole et protège de son mur à pic l'ensemble des constructions, les communs, l'église et un vaste jardin aux dessins géométriques. Du côté du village l'enceinte est continuée par un mur percé de meurtrières. Le château lui-même élève sur de larges fossés, enjambés d'un pont-levis, ses murs massifs et sans fenêtres jusqu'à la hauteur du premier étage. A l'un des angles, une grosse tour carrée; au toit, des fenêtres à pignon aigu rompant la tombée des hauts combles et la symétrie des ouvertures, ajoute une certaine originalité gracieuse à cet ensemble sévère de défenses.

Le repos que Louis Potier s'était promis en achetant le Plessis ne fut pas de longue durée : son fils Antoine, à qui il avait cédé la survivance de sa charge de secrétaire d'État, fut tué au siège de Montauban, au quartier de Pibauquecos, en 1621. Il dut reprendre sa charge, s'en démit une seconde fois en faveur de son neveu M. d'Ocquere, qui mourut aussi peu de temps après. Louis Potier lui-même s'éteignit le 25 mars 1630.

Il laissait deux fils, René, l'aîné, et Bernard, seigneur de Blérancourt, marquis d'Annebault et de Pont-Audemer, baron de Monjay. C'est à ce dernier qu'échut le Plessis-Piquet.

La baronnie d'Annebault et la vicomté de Pont-Audemer lui venaient de son alliance avec Charlotte de Vieuxpont. Par ses soins la baronnie fut érigée en marquisat et il en transporta le titre à son frère René[1]. Il fut lieutenant général pour le roi au bailliage de Rouen, Caen et Auge. Tallemant des Réaux, dans ses *Historiettes*[2], parle des deux époux comme de singuliers originaux. Mme de Blérancourt, « qui s'était mise à étudier »

---

1. A. Cosiel. *Histoire de l'arrondissement de Pont-Audemer*, II, 298.
2. Tallemant des Réaux, IX, cccv.

et composait un discours sur l'amour conjugal, fut éprise
de la perfection au point que, faisant construire un château à Blérancourt en Picardie, « elle fit quasi tout défaire
pour réparer un défaut, de peur qu'on ne dît que Mme de
Blérancourt avait fait une faute ». Quant au marquis, « il
n'y a guère d'homme plus avare : il a, dit-on, 80 000 livres
de rente; cependant il est vêtu comme un gueux. Il ne va
plus qu'à cheval sur une selle à piquer, monté sur un
gros roussin. Il mange sur un escabeau et fait fort mé-
chante chère. » Aux obits de l'église du Plessis nous trouvons, à la date du 5 juin 1643, la mention d'une rente de
4 livres 10 sous qu'il établit sur la pièce dite les Parousseaux
pour un *salut* à dire pendant l'octave du Saint-Sacrement[1].
La rente fut plus tard portée à 5 livres et transportée sur
une maison située sur la route de Versailles à Châtillon[2].
Cette même année (1643) il fit don des droits seigneuriaux qui
lui appartenaient sur les terres d'un couvent de Feuillants
récemment établi dans le village[3]. Il mourut sans enfants
en 1662, laissant le Plessis, augmenté par diverses acqui-
sitions[4], à son frère René.

Conduit par une ambition tenace, soutenu par les ri-
chesses que les alliances et les héritages avaient réunies
entre ses mains, René Potier s'éleva d'année en année et sut
enfin obtenir de la faveur royale d'être mis au rang de la
plus ancienne et plus haute noblesse de France. En 1608
il fit ériger en comté sa terre de Tresmes en Valois, qu'il
tenait de sa mère. Chevalier des ordres du roi en 1619,
héritier de son frère Antoine en 1621 pour la châtellenie
de Sceaux, il faisait donner à cette terre rang de baronnie

1. *Archives nationales*, S. 3582.
2. Papiers du château. Vente Levasseur à Colbert.
3. *Archives nationales*, S. 4218, n° 34.
4. Vente René Potier à Levasseur.

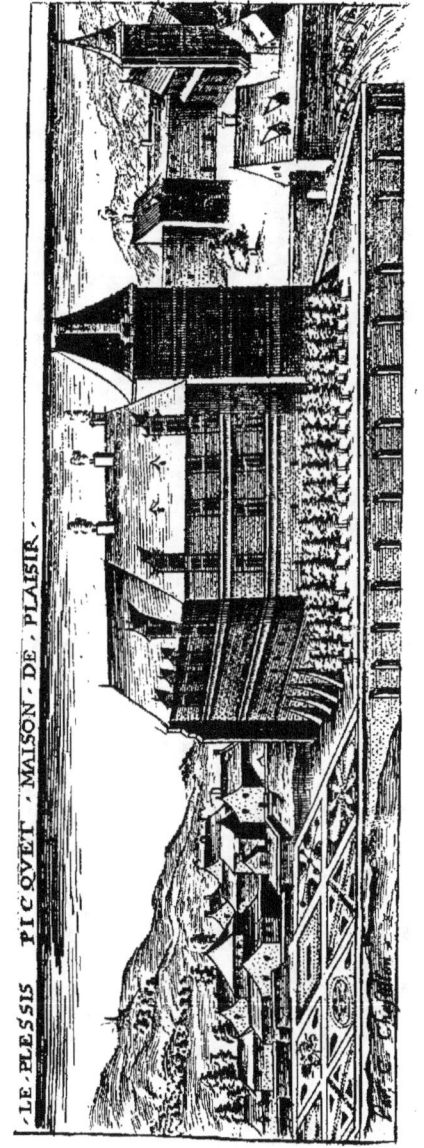

·LE·PLESSIS· PICQVET ·MAISON·DE·PLAISIR·

Gravure tirée de la Topographie française
par Claude Chastillon Topographe du Roy
Paris Boisseau
1648

en 1624[1] ; enfin, en 1647, le comté de Tresmes était érigé
en duché-pairie.

A ce moment un acte notarié passé avec le Chapitre de
Paris au sujet d'un terrain dépendant de Sceaux, nommé la
« Mer-Morte », énumère ainsi ses titres :

« Haut et puissant seigneur messire René Potier, duc de
Tresmes, chevalier des ordres du Roy, conseiller en ses conseils d'État et privé, cappitaine de cent hommes d'armes de
ses ordonnances et des gardes du corps de Sa Majesté[2], gouverneur et lieutenant général pour Ladicte Majesté en ses pays
de Mayenne, Laval, etc., seigneur chastelain de Sceaux. »

En 1662, à la mort de son frère Bernard, le Plessis-Piquet
lui échut ; mais la succession était chargée de dettes, et la
propriété fut mise en vente.

A ce moment nous rencontrons le premier acte notarié con-
cernant le Plessis-Piquet[3]. Nous avons vu à l'origine le Plessis cité comme relevant directement du roi. A une époque
qu'il ne nous a pas été possible de préciser, par le hasard des
alliances sans doute, le Plessis devint un fief dépendant de la
Tour de Chaumont[4] dite au Bègue. Certains droits étaient
dus à chaque mutation au seigneur suzerain. Ces droits, mal
définis, pouvaient être un obstacle à la vente. Une femme in-
tervint et galamment le seigneur de la Tour de Chaumont, qui
était alors messire Emmanuel de Pellevé, chevalier, marquis
de Boury, enseigne à la compagnie des gens d'armes de la
reine, céda à demoiselle Anne-Madeleine Potier de Tresmes
« tous les droits qui lui seraient dus à la première mutation

1. *Dictionnaire de Moreri* : René Potier.
2. Dans l'acte de vente du Plessis-Piquet à Ch. Levasseur, il est dit « capitaine de la première et plus ancienne bande des gardes françaises du corps de
Sa Majesté ».
3. Nous devons la communication de cet acte à l'obligeance du titulaire actuel
de l'étude de Gallois, Mᵉ Le Maître.
4. Chaumont en Vexin.

qui arrivera de la terre et seigneurie du Plessis-Raoul dit
Piquet et aux suivantes, ladite terre et seigneurie mouvant
et relevant en plein fief, foi et hommage de la seigneurie de
Chaumont dite au Bègue ». Cette cession fut faite moyennant un payement de satisfaction que le marquis de Boury
reconnut avoir reçu et dont il déclara se contenter (acte
du 8 juillet 1662, Lecaron et Gallois, notaires).

CHARLES LEVASSEUR

(1663—1682)

———

Un an après, le 6 juin 1663, par l'intermédiaire de son secrétaire Philippe Bodard, René Potier vendit le Plessis-Piquet à « M. Charles Levasseur, conseiller du Roy, correcteur en sa Chambre des comptes, demeurant à Paris, rue du Temple, paroisse Saint-Nicolas des Champs ». Le prix de la vente était « six vingt six mil livres francs et deniers ».

Le même jour, « demoiselle Anne-Madelaine Potier de Tresmes, fille majeure, jouissant de ses droits et demeurant à Paris, rue des Pavés, paroisse Saint-Paul », céda et transporta à l'acheteur les droits qui lui avaient été cédés par le marquis Pellevé de Boury.

L'acte[1] ne donne aucun état descriptif ou énumératif du château et des terres objets de la vente; mais, d'après les actes postérieurs, et spécialement d'après les actes très détaillés que nous possédons de la vente par Levasseur de sa propriété au roi et à Colbert, il est facile de la reconsti-

———

1. Gallois et Chaussicre, notaires.

tuer telle qu'elle était au moment où il l'achetait de René
Potier.

De la route de Versailles à Fontainebleau, qui prenait le
nom de Grande Rue en traversant le village du Plessis, une
courte avenue ombragée de quatre vieux ormes menait au
château. Une grande porte cochère s'ouvrait sous une voûte
plafonnée et couverte d'un toit d'ardoises; à gauche, un
bâtiment en appentis couvert de tuiles : c'était la chambre
du suisse; à droite, des bûchers. On entrait ainsi dans une
avant-cour en partie pavée, entourée de constructions basses
servant de granges et d'écuries, communiquant avec une
seconde cour, au chevet de l'église, où étaient réunis les
remises, une vacherie, des écuries « à deux rangs de cinq
chevaux chacun », le logement du jardinier, le poulailler, le
fournil. Au fond de cette cour basse, un mur soutenu de
neuf contreforts séparait les communs du cimetière, où, suivant la vieille coutume, les morts dormaient à l'ombre du
clocher de l'église. En face de la porte d'entrée, une grille
en fer fermait un passage couvert à pente raide qui descendait de l'avant-cour, formant terrasse, dans le parc.

Le château était tel que Chastillon nous l'a dessiné. Trois
corps de bâtiment se coupant à angle droit, enfermaient entre
leurs constructions la cour principale, à laquelle on avait
accès par un perron de pierre à rampe de fer aboutissant à un
pont-levis et à une terrasse à droite. L'aile sur la cour, qui
subsiste intacte, se soudait comme aujourd'hui au corps de
logis central par une large tour carrée. L'aile droite, qui a
disparu, était disposée en une vaste galerie, lambrissée à
hauteur d'étage, ouvrant trois grandes fenêtres sur les fossés
du côté du parterre. Tout cet étage, auquel on accédait par le
pont-levis, avait un carrelage de terre cuite, à l'exception de la
« grande salle d'assemblée », le grand salon d'aujourd'hui,
qui était orné de carreaux de pierre de liais et de marbre

noir. Entre les deux fenêtres donnant sur les fossés du côté
du jardin, à la place occupée aujourd'hui par la cheminée,
une porte vitrée doublée d'une porte en menuiserie donnait
accès à un second pont-levis et permettait de gagner ainsi
de plain-pied le parterre à la française qui, comme au temps
de Chastillon, couvrait de ses carrés réguliers et de ses massifs symétriques une vaste terrasse dominant les bois. La
cuisine était en sous-sol sous la tour, et communiquait par un
escalier intérieur, dont il reste des traces, avec une salle en
entre-sol au-dessus d'elle. On descendait dans les caves par
une trappe et une échelle. Un inventaire mentionne dans le
haut d'une voûte un soupirail s'ouvrant dans la cour, fermé
d'une grille de fer; il existe encore dans le même état. Les
caves sont très belles, voûtées d'arêtes sur croisées d'ogives.
Elles ont un caractère d'ancienneté et de solidité très frap-
pant. Le premier et le second étage étaient dallés, avec la
même simplicité que le rez-de-chaussée, de carreaux de terre
cuite; seule une petite chambre de la tour est indiquée spécialement comme parquetée.

Le parc, d'une étendue de cent arpents, était clos de murs.
Les bois, percés de grandes allées droites « entourées de palis-
sades de charme », s'étendaient jusqu'auprès du château. Une
petite pièce d'eau, modestement qualifiée de vivier, et plus
tard de canal, recueillait, au lieu dit « la petite Terrasse »,
les eaux de pluie que lui amenait une rigole courant dans le
bois parallèlement au mur du parc qui longeait la Voie-Rouge
(aujourd'hui le Chemin des Bœufs). Elle recevait aussi les
eaux de la plaine par une pierrée passant sous le mur du parc.

Au pied du château, sous la terrasse des écuries, un potager; un autre s'étendait, comme aujourd'hui, sur un terrain
surélevé, soutenu d'un mur de terrasse, entre la Croix du
Chesneau et la Ferme.

La Croix du Chesneau, située à l'angle du parc, était un

vaste tourne-bride en demi-cercle, planté d'une rangée circulaire d'arbres, orné d'une croix de pierre[1]. Une grande porte, avec grille de fer, y donnait accès dans le parc, et l'on arrivait de cette entrée d'apparat au château par une longue avenue de marronniers.

Près du château, la Ferme avec ses bergeries, granges, écuries, étables, et son colombier à pied, privilège seigneurial. Les terres s'étendaient sur le plateau, à droite et à gauche du village, du côté des bois de Meudon et vers ceux de Verrières. En voici l'énumération, avec le nom des lieux dits, qui pour beaucoup se sont conservés jusqu'à ce jour :

	ARPENTS.	QUARTIERS.	PERCHES.	LIEUX DITS.
Terres labourables. . .	68	»	»	Croix du Chesneau et les Moutonneaux.
	2	»	12	Les Moutonneaux.
	5	»	2	Mare du Noyer-Marchais.
	38	»	2	La Couture.
	10	»	»	Le Reaye tortu.
	2	»	»	»
	»	1	»	La Couture.
	102	»	»	(Désigné seulement par les bordures.)
	28	2	»	Le fief de la Béguinière.
	41	»	»	»
	25	»	»	Les Carreaux de Malabry.
	1	»	7	Le Noyer bruslé.
	15	2	20	Le Tertre pommier.
Châtaigneraie	»	3	»	La Chastaigneraie.
Plan d'Ozier.	»	3	»	Le Tertre pommier.
Vignes.	»	3	»	Les Angliches.
Prés.	4	»	»	La prairie du Plessis.
	5	2	»	»
	1	»	35	Le pré de la Garenne.
	4	»	»	Le pré de la Bourselière.
	4	2	16	Le pré de la Vallée.
Bois taillis.	10	»	»	Les Graviers et la Couture.
	»	3	14 1/2	Guiron.
	»	2	»	»

1. Plan. *Archives nationales*, S. 4217, n° 30.

	ARPENTS.	QUARTIERS	PERCHES.	LIEUX DITS.
Bois taillis.	7	»	»	Le Tertre pommier ou bois des Lunettes.
	10	»	»	La Chastaigneraie.
	7	1	»	La Garenne.
	1	1	»	Le Tertre pommier.
	»	2	»	Les Lunettes.
	22	3	9	Le Plan.
	13	2	»	La Genestrière.
	24	»	»	Le Poirier rond proche le château de la Bourselière.
	13	2	»	Les Soirières.
	24	»	»	Les Vingt-Quatre Arpents.
	2	»	32	La Vieille-Garenne.
	32	»	»	Le Bois-Bougaut.
	6	3	»	La Haye-Guinier.
	17	2	»	Le Bois-Carreau.
	2	»	28	»
	10	»	»	La Coudraye.
	6	»	10	Les Soirières.
	15	»	»	Les Perdreaux.
	6	»	12	Les bois du Chemin-Philippe.
	4	»	12	Les Vieilles-Vignes.
	4	»	»	Au-dessus de Vieille-Garenne.
	1	2	»	Circuit de la Bourselière.
	3	1	$12^1/_2$	Le jardin de la Bourselière.

La vente comprenait encore au village trois petites maisons et un petit jardin de deux arpents dépendant de l'une d'elles. Soit en tout

Le château et un parc de	100 arpents	» perches	
Trois petites maisons au village et un jardin de.	2 —	» —	
Terres labourables.	358 —	68 —	
Bois divers.	253 —	82 —	
Prés	19 —	51 —	
Vignes	» —	75 —	
	714 arpents	76 perches	

Soit environ 238 hectares.

6

Il serait intéressant de faire la comparaison de la valeur actuelle de ces terres avec leur valeur en 1663. Sans rechercher parcelle par parcelle quel est le dernier prix de vente de ces terrains, on peut évaluer avec assez d'exactitude à 4000 francs l'hectare leur valeur moyenne. En deux cents ans cette valeur a donc passé de 126 000 à 950 000 francs environ. Dans cette évaluation très modérée du prix actuel nous calculons la valeur du parc avec le château au même prix que les terres de culture.

Cette plus-value considérable (126 000 — 950 000) n'est pas due à des causes spéciales; elle est générale sur les terres. Elle montre la supériorité incontestable des fortunes territoriales sur les fortunes mobilières lorsqu'elles restent longtemps intactes dans les mêmes mains.

Si l'on supprimait ces deux événements historiques, la confiscation des biens des émigrés et la banqueroute des deux tiers, accidents exceptionnels qui, dans la pratique, ont frappé à peu près également les deux modes de placement de la fortune publique, on verrait que la même somme de 126 000 fr. placée en rentes sur l'hôtel de ville ou en rentes garanties par des hypothèques rapporterait encore à ce jour, au denier vingt, 6300 francs et représenterait le même capital, tandis que si l'on supposait la terre du Plessis restée dans la même famille, elle rapporterait, à deux et demi pour cent, 23 750 fr. et représenterait le capital de 950 000 francs.

Par suite du phénomène de la dépréciation des métaux précieux, la valeur de toutes choses, celle de la terre comme les autres, subit une augmentation constante. La rente et le capital qu'elle représente restent fixes au milieu de ce mouvement général. La terre par sa progression lente de valeur accumule d'une façon insensible, et qui ne peut être dissipée au jour le jour, la différence d'intérêt qu'elle semble donner en moins que la rente. Si bien qu'au bout d'un certain nombre d'années le revenu de la terre atteint et dépasse celui de la rente que la même somme eût permis d'acheter. C'est l'économie involontaire et presque inconsciente. Et ce n'est pas le moindre avantage de ce trésor caché qui s'accroît insensiblement, de ne pouvoir être réalisé que par la vente de l'immeuble, opération décisive qui amène la réflexion et inspire la prudence. C'est à cette constitution terrienne de leur fortune que la noblesse anglaise et l'église anglicane doivent leur puissance et leur influence. En enlevant à la noblesse française ses privilèges, la Constituante n'avait fait qu'une réforme ; en lui enlevant ses terres, la Convention l'a tuée.

Charles Levasseur, acheteur du Plessis en 1663, portait *d'azur au griffon d'or, au chef d'argent chargé d'une rose de gueules.* Il appartenait à une ancienne famille de robe, dont on retrouve le nom dans la liste de confirmation des officiers du Parlement, après le retour de messieurs du Parlement séant à Tours en 1594. Celui qui devint propriétaire du Plessis-Piquet, en 1663, était fils de Charles Levasseur, conseiller du roi, receveur du domaine à Domfront, et de demoiselle Geneviève Souverain. Il fut lui-même reçu correcteur à la Chambre des Comptes le 19 juillet 1636, en remplacement de Henry de la Villeneuve[1]. Il épousa Élisabeth Bazin ; à Paris il demeurait rue des Massons, paroisse Saint-Séverin.

En l'année 1676 ses affaires furent assez embarrassées pour que sa femme obtînt de se séparer de lui quant aux biens, se faisant affecter et assigner particulièrement pour ses créances une grande et une petite maison sises rue du Temple. En 1681 il cédait sa charge. L'année suivante, poursuivi depuis longtemps par ses créanciers, en retard de

---

1. Constant d'Yauville. Chambre des Comptes.

plusieurs termes pour le payement d'une rente de 1600 livres
au denier vingt, qu'il avait constituée au profit de René
Potier pour compléter le payement du Plessis, il dut vendre
la propriété.

Il la vendit en deux parties. L'une, composée des dix-huit
dernières parcelles indiquées dans l'état ci-dessus, fut achetée par le roi, représenté par messire Louis Boucherat, chevalier, seigneur de Compan, nommé par Sa Majesté pour
faire cette acquisition, ainsi qu'il est porté par arrêt en son
Conseil d'État du 10 janvier 1682[1].

Le roi acquit ainsi 207 arpents 85 1/2 perches pour la
somme de 80 000 livres. Depuis trois ans déjà, par suite
d'arrangements avec les créanciers, il était entré en jouissance de ces biens (Boindin et de Beauvais, notaires).

_____

1. *Archives nationales*, Q. 1084.

COLBERT

(1682—1683)

—

Quatre jours après l'achat fait par le roi, le château et ce qui restait de terres en dépendant fut acheté, par-devant les mêmes notaires, par « messire Jean-Baptiste Colbert, chevalier, marquis de Châteauneuf-sur-Cher, baron de Sceaux, seigneur de Chastillon et autres lieux, Conseiller du roy ordinaire en tous ses Conseils du Conseil royal, secrétaire d'État et de ses commandements, commandeur et grand trésorier de ses ordres, contrôleur général des finances, surintendant et ordonnateur général de ses bâtiments, arts et manufactures de France, demeurant à Paris, en son hôtel rue Neuve-des-Petits-Champs, paroisse Saint-Eustache [1] ».

Le prix était de 68 000 livres, qui furent payées le 5 septembre suivant par Jacques Hodier, écuyer, conseiller-secrétaire du roi, intendant des maisons et affaires du sieur Colbert.

---

1. *Archives du château.* Acte d'achat par Colbert à Levasseur.

Colbert est trop connu, sa biographie a été trop souvent faite, pour que nous ayons à la rappeler ici. Un rimeur facile et peu bienveillant la résuma ainsi peu après sa mort :

> Son père pour tout héritage
> Lui laissa l'orgueil en partage :
> Le patrimoine est fort léger ;
> Mais la fortune plus légère,
> Sans réfléchir sur la matière,
> De tous biens le voulut gorger.
>
> De clerc d'un honnête notaire
> Et de commis de gens d'affaires,
> Puis d'intendant d'un cardinal
> Il a sçu pousser sa carrière
> Jusqu'au degré du ministère
> Qui fut à la France fatal [1].

On parlait plus respectueusement du grand et impopulaire ministre à l'époque qui nous occupe. Il était alors au comble de sa puissance et de sa faveur auprès du roi, et son nouvel achat faisait partie d'un vaste plan d'ensemble dont il poursuivait l'exécution avec une singulière ténacité et au prix de dépenses considérables.

Ce plan, c'était de faire de la petite baronnie de Sceaux, qu'il avait achetée en 1670 aux Potier, une terre digne, par ses constructions, son parc et ses eaux, du ministre du roi qui construisait Versailles. En quelques années, Aulnay, Châtenay, Vaux-Robert, Châtillon, Fontenay furent presque en entier achetés par lui. Perrault construisit le château, Le Nôtre dessina le parc et les pièces d'eau, disposa les cascades et les jets hydrauliques alors si fort à la mode.

Pour emplir ces immenses bassins qui existent encore au-

---

1. Tableau de la vie de MM. les cardinaux Richelieu et Mazarin et de M. de Colbert, représentés en diverses satires et poésies. Cologne, 1693, in-12.

jourd'hui, les faibles sources qui de tout temps avaient ali-
menté un petit étang nommé la Mer-Morte ou la Mare-Morte,
étaient absolument insuffisantes. Colbert fit alors entreprendre
des travaux immenses et tels que pouvait seul les exécuter
un ministre tout-puissant. Dans toutes les plaines environ-
nantes des rigoles furent creusées, des pierrées et des
aqueducs construits, des servitudes perpétuelles constituées
sur les terrains traversés[1]. Il obtint ainsi un débit d'environ
deux cent soixante mètres cubes d'eau par jour. C'était assez
pour alimenter ses bassins. Il lui manquait encore un réservoir supérieur pour obtenir des eaux jaillissantes. C'est
alors qu'il acheta le Plessis-Piquet.

Il y avait en effet au Plessis, bien au-dessus de Sceaux, au
long du vieux chemin de Paris à Chartres, un ancien moulin,
dit le Moulin-Piquet, mis en mouvement par les eaux de la
Fontaine des Renards et les eaux de pluie du vallon recueillies
dans un petit étang d'un demi-arpent. Seigneur du lieu par
l'achat du château, il devint aussi maître du moulin et des
prairies voisines. En quelques mois le moulin était démoli,
les prairies creusées, des rigoles longues de plus de deux
lieues allaient recueillir les eaux sur toute la plaine du Plessis
et jusqu'auprès du parc de Meudon; enfin la levée de l'étang
était élargie, pavée et garnie de garde-fous sur l'ordre du
roi, qui souvent y passait dans ses chasses de Meudon et du
bois de Verrières.

Ainsi fut fait l'étang du Plessis.

Colbert était arrivé à son but : un système complet de cana-
lisation assurait le service des eaux de son château. Il songea
aussitôt à se défaire des portions de terre inutiles qu'il avait
dû acquérir pour arriver à ce résultat; il voulut vendre le

---

1. Il donna en moyenne deux livres d'indemnité par perche pour l'établisse-
ment de ces servitudes.

château du Plessis et son parc, qui n'étaient d'aucun rapport
et représentaient plus de la moitié de la valeur d'achat.
Cependant le droit d'étang était un des droits seigneuriaux
attachés à la possession du fief; il devait donc rester seigneur
du Plessis. Il résolut cette difficulté de vendre le château seigneurial et de rester seigneur du lieu par une procédure
assez curieuse. S'adressant d'abord au seigneur de la Tour
de Chaumont dite au Bègue, qui était alors messire Louis
Dutronchay, chevalier, marquis de Vayres, il obtint son consentement pour que « le titre de principal manoir et maison
seigneuriale attaché jusque-là à une maison appelée le Château
du Plessis-Piquet fût transféré à une autre maison lui appartenant, appelée auparavant la Ferme de Normandie, sous la
condition que, pour marque perpétuelle de cette transla-
tion, Colbert ferait construire à l'entrée de cette ferme deux
tourelles couvertes d'ardoises, avec deux girouettes dessus
(23 septembre 1682)[1].

Le roi approuva cet arrangement par lettres patentes :

« .... D'autant que la terre de la Tour-au-Bègue[2] est
mouvante de nous et ainsi nous avons intérêt qu'il ne se
fasse aucune innovation dans nos arrière-fiefs sans notre
consentement que ledit sieur Colbert nous a très humble-
ment requis lui vouloir accorder. A ces causes, en considération des services dudit sieur Colbert, de l'avis de notre
Conseil, de notre grâce spéciale, pleine puissance et autorité
royale, Nous avons par ces présentes signées de notre main
confirmé et approuvé, confirmons et approuvons ledit acte
du 23 septembre 1682. En conséquence pourra ledit sieur
Colbert, suivant la coutume, disposer et faire son profit de

1. Archives du château.
2. Le titre porte au Bec par corruption.

ladite ancienne maison seigneurialle, ses accints et préclos-
tures par concession en fief, bail à cens ou autrement ainsi
que bon lui semblera.... Car tel est notre plaisir....

« Donné à Versailles, au mois de décembre, l'an de
grâce 1682 et de notre règne le quarantième.

« Signé : Louis.

« Et sur le reply : Par le roi : Phélypeaux.

« Visa : Le Tellier. »

Et scellées en cire verte avec des lacs de soie rouge et
verte[1].

Le mois suivant l'ancien château seigneurial était vendu.

[1]. Archives du château.

SÉBASTIEN-FRANÇOIS DE LAPLANCHE

(1685—1699)

———

Sébastien-François de Laplanche, écuyer, conseiller du roi, trésorier général de ses bâtiments, arts et manufactures de France, demeurant rue des Bons-Enfants, paroisse Saint-Eustache, et dame Vinx, son épouse, devinrent propriétaires du Plessis-Piquet le 14 janvier 1685, moyennant la somme de 40 000 livres, payables moitié comptant, moitié dans les six mois suivant la vente.

Les biens vendus prirent le nom de « fief du Petit-Plessis ». Ils devaient « être tenus à toujours par le seigneur acquéreur, ses hoirs et aians cause en plein fief, foy et hommage du seigneur vendeur à cause de sa terre et seigneurie du Plessis-Raoül dit Piquet, à la charge des drois seigneuriaux envers iceluy seigneur vendeur, ses hoirs et aians cause, seulement suivant la coutume du Vexin... et est le droit de relief qui sera dû aux mutations au seigneur du Plessis-Piquet, conformément à ladite coutume du Vexin, fixé présentement entre les parties à la somme de 1000 livres ».

Sébastien-François de Laplanche était le petit-fils de ce

Flamand, maître-ouvrier en tapisseries, François Laplanche, qui, avec son compatriote et confrère Marc Coomans, vint à Paris, appelé et anobli par Henri IV pour y fonder une manufacture de tapisseries façon de Flandres, ou, comme dit l'ordonnance d'enregistrement du 20 juillet 1607, « une manufacture de tapisseries de laine, soie et capiton enrichies d'or et d'argent[1], et instruire dans leur art des apprentis français ».

Son père, Raphaël de Laplanche, ne pouvant s'entendre avec ses associés, les fils de Coomans, avait installé au faubourg Saint-Germain, dans une rue qui porta son nom jusqu'à nos jours, un nouvel atelier de tapisseries. Sa marque était un P avec une fleur de lis. Les résultats matériels de l'entreprise étant médiocres, il avait demandé la place de trésorier général des bâtiments du roi. Il l'obtint, mais sous la condition expresse de rester directeur de la manufacture de tapisseries. C'était à la fois relever sa position et augmenter ses ressources.

Sébastien-François de Laplanche succéda à son père dans ses deux fonctions de trésorier et de directeur.

Dans sa propriété du Plessis, il fut bientôt séduit par la vue sans rivale dont on jouissait de l'extrémité du parc au-dessus de Sceaux :

A gauche, Paris où le Val-de-Grâce élevait son dôme élégant ; plus loin, à l'horizon, les bois de Belleville et de Ménilmontant, la vallée de la Marne, les hauteurs de Chenevières, de Gros-Bois et de Villeneuve-Saint-Georges. Au premier plan, les pentes de Châtillon, le village de Fontenay et le bourg de Sceaux.

En face, le parc de Sceaux avec ses pièces d'eau miroitant au milieu des arbres, les châtaigniers et les saules d'Aulnay et de Châtenay et les croupes boisées de Malabry et de Verrières.

---

1. Félibien et Lobineau. *Pièces justificatives*, III, 42 a.

Enfin, tout au loin, la vallée de la Seine, et, par delà les plaines de Corbeil, une ligne bleuâtre indiquant les collines de la forêt de Fontainebleau.

Pour mieux jouir de ce merveilleux coup d'œil, à l'angle du parc, là où le sentier qu'on appelait alors la Voie-Rouge, maintenant le Chemin des Bœufs, joignait le chemin de Sceaux à Verrières, à l'endroit où s'élève aujourd'hui un kiosque rustique, Laplanche fit bâtir un élégant pavillon couvert d'ardoises, aux murs revêtus, sur une hauteur de 15 à 16 pieds, de petits carreaux de pierre. Une salle basse ouvrant ses trois portes-fenêtres sur la plaine, un petit escalier menant à une chambre au-dessus, composaient, avec un petit bâtiment adossé servant de cuisine et d'office, une habitation fort enviable. Point de vue lui-même pour tout le pays, ce pavillon fut appelé Bel-Air, et la route qui passait au pied en prit le nom de route du Pavillon.

En même temps, Laplanche achetait d'un sieur Belin, conseiller au Châtelet, « une pièce de terre inculte, proche et hors le parc ». C'est sur cette parcelle que devait plus tard être creusé un étang, intarissable comme source de procès.

Artiste par sa naissance, en relation avec les artistes par son industrie et ses fonctions officielles, Laplanche semble avoir été grand amateur de peinture. Un inventaire fait au Plessis, et sur lequel nous aurons à revenir, ne fait pas mention de moins de cent trente et un tableaux, parmi lesquels malheureusement aucun n'est désigné par un nom d'auteur, et deux seulement par leur sujet : ce sont les portraits de Colbert et de Louvois.

Cependant la faveur royale qui avait fait la fortune des Laplanche se portait tout entière sur une autre fabrique de tapisseries, les Gobelins, qui, fondée en 1667, transformée ensuite en manufacture des meubles de la couronne, était en pleine prospérité à l'époque qui nous occupe et faisait une concurrence ruineuse à la manufacture du faubourg Saint-Germain. La dernière mention de fournitures faites par celle-ci à la maison du roi remonte au 21 mai 1668 :

« Payé au sieur de Laplanche, directeur de l'une des manufactures de tapisseries de S. M., la somme de 89 175 livres 8 sols 9 deniers, pour l'entier et parfait payement de sept tentures de tapisseries qu'il a livrées pour le service de S. M.[1]. »

En achetant le Plessis, Laplanche avait dû emprunter la moitié du prix sous forme de vente de rentes calculées au denier vingt[2] : bientôt il fut hors d'état d'en fournir les arrérages. Au mois de décembre 1694, chargé de quantité de dettes, il abandonna ses biens à ses créanciers pour éviter l'adjudication qui était sur le point d'en être faite par décret, à vil prix, en la Cour des Aides[3]. Sa femme ratifia cet abandon, et les créanciers en grand nombre passèrent un « contrat de direction » pour tirer de ses biens le meilleur parti possible.

Plusieurs années se passèrent alors en procès compliqués par la subdivision des créances, par le décès des porteurs ou la cession faite par eux à des tiers de leurs droits, par la nécessité de faire apurer les comptes de Laplanche en qualité de trésorier des bâtiments du roi, enfin par la mort de Laplanche lui-même.

Le 19 décembre 1696, les *directeurs* des créanciers, c'est-à-dire les délégués nommés par eux, firent faire un état des meubles garnissant le château du Petit-Plessis.

C'est le premier inventaire que nous rencontrons dans les

---

1. *Comptes des châteaux de Louis XIV.* Bibl. nat.

2. L'un des prêteurs, Denis Lequin, bourgeois de Paris, prit à l'égard du remboursement des précautions singulièrement minutieuses et qui sembleraient indiquer quelque trouble dans la circulation des monnaies (1683). Il spécifia qu'on ne pourrait racheter la rente vendue qu'en louis d'argent de trente ou soixante sols ou en louis d'or, à l'exclusion des pièces de trois sols six deniers et douzaines.

3. Arrêt de la Cour des Aides du 30 avril 1697.

papiers du château. Il serait sans intérêt d'en donner la copie ; nous y prendrons seulement la description du salon et de la principale chambre à coucher, ces deux pièces suffisant pour donner une idée complète du mobilier d'une époque et du caractère de l'ameublement choisi par le propriétaire.

L'inventaire de 1696 a un caractère singulier : il semble avoir été fait après un pillage méthodique ; n'était le vieux papier jauni et l'écriture un peu antique, on croirait lire l'état des lieux d'une maison des environs de Paris fait après le siège de 1870. Les cent trente et un tableaux dont il a été question plus haut sont déchirés, troués, pendent en lambeaux ; dans ce minutieux état des lieux, qui ne fait grâce ni « d'une vieille pincette », ni de « deux vieux arrosoirs dessoudés », on ne trouve ni un flambeau, ni une pendule, ni un livre ; aucun objet d'art, car on ne peut compter comme tels « quatre bustes en plâtre de Henri IV, Louis XIII, Louis XIV et monseigneur le Dauphin ». Les quelques meubles qui restent sont des plus communs et couverts de simple toile ; la plupart sont indiqués comme vieux, d'autres comme rompus. Cependant nous n'avons trouvé dans les pièces très complètes sur cette époque aucune trace d'une vente de mobilier, à l'exception des « tableaux mouvans » vendus à Laurens de Berthemet, maître des requêtes, demeurant rue de Laplanche. Mais ces tableaux sont compris dans l'état du 19 décembre ; plus tard l'acheteur du Plessis dut mettre en demeure leur propriétaire de les enlever s'il ne les voulait voir mettre à la rue. Devant une pareille indifférence, il est permis de supposer que ce n'étaient pas des toiles de maîtres.

Il est probable qu'abandonnée par Laplanche, mal surveillée par les créanciers, mal défendue par le jardinier dont les gages restaient impayés, la maison, ouverte à tout venant, fut peu à peu dépouillée de tout ce qu'elle contenait de pré-

8

cieux et d'un enlèvement facile. L'inventaire tardif de 1696
aurait eu alors pour but de mettre un terme à cet état de
choses.

Quoi qu'il en soit, voici les détails qu'il donne sur les deux
principales pièces :

SALON

La paire de chenets de fer et une vieille pincette. . . .	» livres
Quinze chaises de bois couvertes de moquette, un fauteuil couvert de toile, une table de bois de sapin rompue, quatre bras de bois doré	42 —
Un canapé à deux dos couvert de toile.	20 —
Quatorze tableaux, dont un de Monsieur Colbert, tant petits que grands, encastrés dans des cadres de menuiserie (sans évaluation).	
Une table et armoire servant de buffet à quatre guichets avec une épinette enchâssée tel quel.	60 —

Voilà un salon meublé pour . . . .   122 livres

PRINCIPALE CHAMBRE A COUCHER

Une petite table de rapport rompue, trois chaises de bois de noyer
couvertes de tapisserie faite à l'esguille, un fauteuil couvert de toile et
deux chaises couvertes de paille tel quel, une couche de bois de noyer à
hauts piliers avec son enfoussure.

Dix tableaux encastrés comme devant, partie déchirés (sans estimation).

C'était, on le voit, un mobilier bien réduit et en bien
mauvais état.

Enfin, après cinq années de procès, après avoir épuisé une
procédure compliquée de délais de quarantaine et de quatre
quinzaines, les créanciers opérèrent la vente définitive du
Plessis par acte du 11 juillet 1699.

PIERRE MONTESQUIOU D'ARTAIGNAN

(1699—1725)

————

Messire Pierre d'Artaignan, chevalier, lieutenant général des armées du roi, gouverneur d'Arras, directeur général de l'infanterie française, demeurant rue du Bac, paroisse Saint-Sulpice, s'en rendit acquéreur, pour la somme de quarante mille livres, plus les frais faits pour arriver à l'adjudication.

Ce nouveau seigneur du Plessis est une figure historique intéressante.

La maison de Montesquiou tire son nom de la terre de Montesquiou, l'une des quatre baronnies d'Armagnac, dont le seigneur était de droit chanoine de l'église d'Auch. Cette terre fut le partage d'un cadet des comtes de Fezensac, issus des ducs de Gascogne, rois de Navarre.

La branche d'Artaignan descend de Paulon de Montesquiou, écuyer de Henry d'Albret, roi de Navarre. Il épousa (1524) Jacquette d'Estaing, dame d'Artaignan en Bigorre, diocèse de Tarbes, qui, mourant sans enfants, laissa sa terre à son mari. Celui-ci épousa en secondes noces Claude de Fersac, dont il eut Jean, chef de la branche d'Artaignan.

Pierre d'Artaignan, acquéreur du fief du Petit-Plessis, était le quatrième fils de Henri de Montesquiou d'Artaignan, lieutenant du roi à Bayonne, et de Jeanne de Gassion.

Né en 1645, il entra de bonne heure aux pages et, à quinze ans, entra au service dans l'infanterie à Pignerol. Passé ensuite aux mousquetaires, il fit la campagne de Hollande et celle de Franche-Comté. Après la prise de Besançon, il eut une enseigne au régiment des gardes et, d'année en année, toujours à la frontière, assistant à toutes les batailles, à tous les sièges, il s'éleva rapidement de grade en grade. Major du régiment des gardes en 1684, au moment où Louvois s'appliquait à donner de l'unité à l'armée française par l'adoption de l'uniforme et d'un armement unique, il fut envoyé par le roi dans toutes les places du royaume pour y montrer un exercice uniforme à toute l'infanterie. Major général des armées en Flandre l'année suivante, il était brigadier des armées du roi en 1688 et maréchal de camp en 1691. Il était à Fleurus, à Mons, à Namur, à Steinkerque, à Neerwinden, victoire dont il apporta la nouvelle au roi. Nommé gouverneur d'Arras en 1698 et lieutenant général d'Artois, il dut quitter le régiment des gardes; mais par une faveur spéciale il en garda la pension qui était de deux mille livres et le privilège des entrées dans la chambre du roi. Au commencement de l'année suivante, il perdit sa femme Jeanne Peaudeloup, dont il n'avait pas eu d'enfants. C'est à ce moment qu'il acheta le Plessis.

D'Artaignan était alors au comble de la faveur auprès du roi. On le vit bien quand, l'année suivante, il épousa en secondes noces « haute et puissante demoiselle Élisabeth Lhermitte d'Yeville, fille de haut et puissant seigneur messire François Lhermitte, chevalier, seigneur et patron d'Yeville, Montchamp, Mezy, Tostes et autres lieux, demeurant au château de Robillard, paroisse de Lieury, vicomté de Falaise, siège de Saint-Pierre-sur-Dive, et de haute et puissante dame

Catherine d'Angennes son épouse ». Dans sa pompeuse rédaction, le contrat de mariage, qui figure aux archives du château, nous montre le roi et toute la famille royale, même la favorite Mme de Maintenon, donnant au vaillant soldat qui depuis trente ans faisait face à l'ennemi sur toutes les frontières, un témoignage de leur faveur en signant cette pièce.

Le mariage fut donc célébré :

« En la présence de la permission et consentement DU ROY et de très hault, très puissant et très excellent prince monseigneur Louis, Dauphin, fils unique de Sa Majesté, très hault, très puissant et très excellent prince monseigneur Louis, duc de Bourgogne, très haulte, très puissante et très excellente princesse madame Marie-Adelaïde son épouse, très hault, très excellent et très puissant prince monseigneur duc d'Anjou, très hault, très excellent et très puissant prince monseigneur Charles, duc de Berry, très hault, très excellent et très puissant prince monseigneur Philippes, fils de France, frère unique du Roy, duc d'Orléans, très haulte, très puissante et très excellente princesse madame Élisabeth-Charlotte, son épouse, très hault, très puissant et très excellent prince monseigneur Philippes d'Orléans, duc de Chartres.

« Et encore en la présence de très haulte et très puissante dame madame Françoise d'Aubigné, marquise de Maintenon, monseigneur le mareschal duc de Noailles, pair de France, etc., etc., etc. »

Mlle d'Yeville apportait en dot ses terres d'Yeville et de Robillard. Une clause du contrat réservait à la femme survivante le droit de choisir pour son habitation, sa vie durant, telle terre qui lui conviendrait parmi les biens de son époux défunt.

La minute de cet acte fut signée à Versailles par le roi, les princes et Mme de Maintenon, et à Paris chez la comtesse

d'Olonne, rue Saint-Honoré, par les parties et les autres
témoins cités.

Ainsi en faveur auprès du roi et de la cour, familier de
Mme de Maintenon et de son nouveau voisin à Sceaux, le duc
du Maine, un peu grisé peut-être par sa rapide fortune, d'Artaignan voulut augmenter l'agrément et l'importance de sa
résidence au Plessis. Il ordonna d'édifier à l'extrémité du
parc, sur toute la partie dominant la vallée de Fontenay et
de Sceaux, une longue terrasse dans le genre de celle de
Saint-Germain, soutenue par d'épaisses murailles, dévelop-
pant en son milieu une large demi-lune. Pour l'exécution de
ce plan, et en même temps pour se garantir contre toute
construction pouvant lui masquer le paysage, il dut acheter
toutes les terres qui touchaient de ce côté au mur du parc
jusqu'au chemin de Sceaux à Verrières, aussi appelé route
du Pavillon, et jusqu'à un sentier qui joignait cette route
à celle de Sceaux à Paris par Châtillon[1]. Par un seul acte
passé devant Me Germain Leconte, tabellion de Châtenay et
dépendances, le 31 décembre 1705, il acheta ainsi dix-neuf
parcelles, dont la plus grande est de vingt-quatre perches et
la plus petite d'une demi-perche.

En même temps il s'occupait d'assurer au château une
réserve d'eau considérable. Jusque-là le Plessis avait recueilli
les eaux de pluie dans une petite pièce d'eau située dans le
parc et dans des citernes voisines du château. D'Artaignan
ordonna de creuser, dans cette pièce de sept arpents que
Laplanche avait achetée en dehors du parc, un vaste réservoir
carré d'environ un arpent de surface, dont le plafond en
pente donnait une profondeur de neuf pieds minimum et
de douze pieds près des vannes. Ses bords furent plantés de

---

1. Ce sentier existe encore. Il est aujourd'hui fermé et appartient sur tout son
parcours à M. Hachette.

saules. On l'appela d'abord l'étang du Moulin-Chesneau, du nom de la plaine dont il recevait l'égout et d'un moulin à vent voisin. Bientôt, comme il n'avait pour se remplir que l'unique appoint des eaux de pluie, appoint diminué souvent par les exigences des fontainiers du château de Sceaux qui détournaient les eaux directement dans l'étang du Plessis, la malignité publique le surnomma l' « Écoute-s'il-pleut » ; le nom lui est définitivement resté.

Les eaux de ce réservoir étaient « conduites par des ouvrages souterrains et des tuyaux de grès et de plomb au château du Petit-Plessis, d'où le superflu de l'usage de la maison s'épanchait à l'étang du Plessis par une voûte de 5 pieds de hauteur sur 3 1/2 de largeur, qui traversait sous terre toute l'étendue des jardins de Mme de Courcelles et avait son issue au bas du chemin tendant à l'étang ».

Il fit encore creuser la pièce d'eau située dans la prairie dite aujourd'hui des Quatre-Arpents, appelée autrefois le pré de la Bourselière, et construire auprès une glacière couverte de chaume.

Enfin il donna au parc son aspect définitif de propriété d'agrément en faisant disparaître les dernières traces de culture fermière, ainsi qu'un arpent de vigne qui alignait ses souches près de l'allée des Marronniers.

A la suite de ces divers travaux et de ces changements apportés à la culture des terres, le curé du Plessis se trouva lésé dans ses droits de dîme. Dans une note qui est aux archives du château, il réclama une indemnité annuelle d'une livre par arpent enlevé à la culture, apportant à l'appui de sa demande l'exemple de François du Bois, curé de Saint-Germain de Saclay, à qui le roi, ayant enclos 305 arpents de terre labourable dans ses étangs de Saclay, accorda une rente de 305 livres, à prendre sur les augmentations de gage de Messieurs du Parlement.

Pierre d'Artaignan refusa d'entendre parler de droit de dîme sur son parc. Ses héritiers, plus conciliants, finirent par accorder une rente de 12 livres aux patientes réclamations du desservant.

Ces divers travaux terminés, d'Artaignan fit faire le mesurage de sa propriété par Pierre Jubin, juré arpenteur royal, priseur et mesureur de terres, prés, vignes, bois, eaux et forêts, demeurant au Bourg-la-Reine, sous la surveillance du sieur Nicolas du Buisson, maître d'hôtel de sa femme.

L'arpentage donna les résultats suivants :

1° Bois taillis et bois de haute futaie . . .	75 arpents	» perches
2° Carrés et allées étant semés en pré et foin dont il y en a huit parties.	8 —	50 —
3° Terrain semé en foin et situé hors du parc étant au pied de la terrasse.	2 —	21 —
4° Une autre pièce de pré contenant sept arpents dans lequel il y a un peu d'eau qui contient environ un arpent	6 —	» —
	91 arpents	71 perches

Non content de sa demeure du Plessis, le maréchal, à l'exemple des autres courtisans, voulut avoir sa maison à Versailles, près de Louis XIV, qui n'avait de faveur que pour ceux qui l'entouraient de leurs flatteries journalières et qui, tenant tout de lui, ne vivaient que pour lui. Cette maison de Versailles était située rue de l'Orangerie, paroisse Saint-Louis du Parc aux Cerfs. A Paris, enfin, il avait acheté un hôtel rue de Grenelle, paroisse Saint-Germain des Prés.

Sa carrière militaire se poursuivait toujours heureuse et brillante. En 1702 il fut chargé, en qualité de lieutenant général, d'accompagner et de guider le jeune duc de Bourgogne pendant la campagne de Flandre. A Ramillies il commandait l'infanterie française. En 1709 il était maréchal de France.

Cependant sa fortune personnelle n'était pas égale à sa haute situation militaire et à ses honneurs à la cour. Ses nombreuses résidences, son grand train de vie amenèrent de cruels embarras d'argent, et Isaac Tailladet, écuyer, conseiller du Roi, contrôleur ordinaire des guerres et premier secrétaire du maréchal, dut faire preuve d'habileté financière pour conduire ses affaires au milieu de pareilles difficultés.

L'histoire d'un de ses emprunts donnera une idée de l'activité que devait déployer cet intendant.

Le 1ᵉʳ janvier 1700 il emprunte (sous forme de vente de rente) 12 000 livres à Philippe de Hoquiquan, premier apothicaire du roi. L'année suivante il les rembourse par un emprunt de pareille somme fait à Laurent Briand, trésorier de monseigneur le prince de Carignan, demeurant en l'hôtel de Soissons, rue des Deux-Écus. L'année suivante, nouveau remboursement au moyen d'un nouvel emprunt, celui-ci de 19 000 livres, fait à « haut et puissant seigneur messire Jean comte de Gassion, lieutenant général des armées du Roy, gouverneur pour Sa Majesté des villes de Mézières, Charleville, Dax et Saint-Sever ».

En 1700 encore, au moment de son mariage, nous le voyons emprunter 6000 livres à Mlle Marie de Brie, fille majeure, « pour se mettre en équipage pour le service du Roy au camp de Compiègne ». Cette somme fut remboursée en 1709 au moyen d'une « ordonnance du Roy de 6000 livres sur le trésor royal de Sa Majesté, à recevoir de M. le Bar de Montargis, garde du trésor royal, accordée au sieur d'Artaignan en considération de ses services ».

9

(Datée de Marly, 8 février 1709, avec son blanc-seing en parchemin.)

Louis XIV mort, les faveurs de la cour furent aux amis du régent; l'amitié de Mme de Maintenon, qui n'avait jamais manqué à d'Artaignan, fut sans influence; celle du duc du Maine, son voisin de Sceaux, devint compromettante. Le maréchal fut envoyé en Bretagne pour maintenir la tranquillité dans cette province, dont la noblesse avait été gagnée à la conjuration avortée qui a gardé le nom de l'ambassadeur d'Espagne, prince de Cellamare, qui en était l'un des agents les plus actifs, dirigé par Alberoni et soutenu par l'ambition étourdie et remuante de la duchesse du Maine.

Nous retrouvons encore le maréchal d'Artaignan dans cette lointaine province en 1720. Paris était alors en proie à un véritable délire financier, provoqué par les entreprises fantastiques de Law. Les théories économiques les plus fausses et les plus despotiques furent à cette époque soutenues par le gouvernement. D'Artaignan, qui avait ordre de mettre garnison à Saint-Malo, en violation du droit des bourgeois de la ville de se garder eux-mêmes, fut, dit-on, chargé de fouiller les maisons, « vu l'avis que l'on avait, qu'il y avait quantité d'argent caché »[1]. Dans les grands désastres, on croit toujours aux espions, aux traîtres et aux accapareurs.

Le maréchal mourut au Plessis en 1725. Il y fut enterré sous le chœur de l'église. Sa tombe de marbre noir, qui fut transportée dans la sacristie lors de la réédification de l'église, portait l'inscription suivante :

Ci-jist très haut et très puissant seigneur, monseigneur Pierre de Montesquiou, comte d'Artaignan, mareschal de

---

1. Correspondance Balleroy.

France, général des armées du Roy, conseiller du Conseil de régence, gouverneur des ville, cité et citadelle d'Arras, chevalier commandeur des ordres de Sa Majesté, décédé dans son château du Plessis-Piquet le 12 août 1725, âgé de 71 ans et six mois [1].

Req. in pace.

1. L'épitaphe, relevée par l'abbé Lebœuf, se trompe sur l'âge du maréchal. Il avait quatre-vingts ans.

PAUL MONTESQUIOU D'ARTAIGNAN

(1725—1751)

Le maréchal mourait sans enfants. Il avait eu de son
second mariage un fils, Louis, qui mourut, colonel de seize
ans, emporté par la petite vérole.

Dans son testament olographe, fait au Plessis le 20 septembre 1723, il avait institué pour légataire universel son
neveu, Paul de Montesquiou, comte d'Artaignan, brigadier
des armées du Roi, mestre de camp réformé d'infanterie,
chevalier de l'ordre militaire de Saint-Louis, fils de Henri
d'Artaignan de Moncamp, frère aîné du maréchal, et de dame
Ruth de Fortarer. Les autres neveux et nièces y figuraient
pour des legs assez importants.

Par ce testament Paul de Montesquiou ne devint que nu
propriétaire du Plessis. En vertu de son contrat de mariage
qui lui donnait le droit de conserver pour sa demeure l'une
des habitations du défunt, la maréchale garda la jouissance
du Plessis. Elle fut bientôt en procès à ce sujet avec son
neveu. Le maréchal, après avoir fait faire de grands travaux
dans le parc, avait laissé le château lui-même en très mauvais

état. Un état des lieux, dressé le 17 avril 1726 pour justifier les demandes de réparation, représente cette demeure d'un maréchal de France comme une véritable ruine : les vitres manquent aux fenêtres, les serrures aux portes, les briques au carreau des pièces; les murs s'écroulent dans les fossés, les eaux de pluie entrent dans la maison, les lambris pendent détachés, les lézardes traversent les murs dans toute leur épaisseur. L'aile de la galerie est spécialement menacée : le mur du fossé sur lequel elle est construite est prêt à s'ébouler.

On boucha les trous, on fit les réparations strictement indispensables. La paix se fit entre la tante et le neveu.

Ce n'était pas le château seul qui menaçait ruine. L'église, contemporaine des fondations du château, l'église de Barthélemy, qui depuis 1112 voyait passer sous son porche les joies et les tristesses du petit village, tombait de vétusté; son clocher seul, d'inaltérable meulière, défiait le temps. Le curé, François de la Garde, la reconstruisit à ses frais. Il lui en coûta plus de huit mille livres. Cette entreprise dépassait ses ressources; il s'adressa au Chapitre de l'Église de Paris, exposant « qu'il avait pris des engagements personnels qui dérangeront ses affaires et le mettront dans la nécessité de vendre partie de ses meubles et même les vases sacrés de l'église, s'il ne trouvait de nouveaux secours ». Le Chapitre accorda trois cents livres en deux fois, observant qu'il n'avait aucun bien, partant aucun intérêt dans cette paroisse, et spécifiant que l'envoi était fait à titre d'aumône. Laissé ainsi à ses seules ressources, le curé de la Garde voulut du moins que le village gardât le souvenir de ses sacrifices. Une inscription gravée sur la porte neuve rappela longtemps que l'église avait été reconstruite de ses deniers.

Quelques années plus tard, l'église trouva plus de géné-

rosité chez le seigneur de Sceaux. Le comte d'Eu offrit à la
vieille tour une cloche neuve. Il en fut lui-même le parrain
avec la fille de son intendant. Il y eut fête au château. Une
longue inscription gravée sur la cloche rappelle les noms
et titres des donateurs et des parrains. Il a fallu quelque
gymnastique pour la relever. La voici :

*L'an 1755, j'ai été bénite par messire Simon Le Franc,
curé du Plessis-Piquet, et nommée Marie-Louise par très
haut, très puissant et très excellent prince Louis-Charles de
Bourbon, comte d'Eu, duc d'Aumale, comte d'Argentan et
baron de Sceaux et ses dépendances, commandeur des ordres
du Roy, lieutenant général de ses armées, gouverneur et
lieutenant général pour Sa Majesté dans les provinces de
Guienne, grand maître et capitaine général de l'artillerie de
France — et par demoiselle Marie-Anne-Ursule Guillaume,
fille de monsieur Guillaume, contrôleur général dudit seigneur, comte d'Eu.*

Louis Gaudiveau et ses fils monts faite à Lieusaint.

*J'ai été voiturée gratis à Lieusaint par Antoine Moulle,
receveur de la ferme dudit lieu, et par Claude de Demarne.
M. Pierre Cagnait marguillier en charge* [1].

Paul de Montesquiou s'était marié l'année qui suivit la
mort de son oncle avec Anne-Élisabeth Filleul, fille de Pierre
Filleul, écuyer, seigneur et patron de Pont, Bernière, Jors,
Pierrefitte, Sainte-Honorine-la-Guillaume, et autres lieux,
chevalier de l'ordre de Saint-Michel, conseiller secrétaire du

---

1. Publiée ainsi par M. de Guilhermy (*Inscriptions de la France du cinquième
au dix-huitième siècle*, III, 248) avec la date 1733. C'est une erreur de lecture.
A cette date le comte d'Eu ne pouvait être appelé baron de Sceaux. Le titre
appartenait à son frère aîné et ne lui échut qu'à la mort du prince de Dombes,
l'année même de la cérémonie dont nous parlons : 1755.

Roi, maison et couronne de France et de ses finances, et grand maître des eaux et forêts de la généralité d'Alençon, et d'Élisabeth Masson, son épouse.

Il fixa sa résidence à Saint-Germain-en-Laye et mourut en 1751, laissant une succession des plus embarrassées.

LOUIS MONTESQUIOU D'ARTAIGNAN

(1751—1755)

———

La veuve de Paul de Montesquiou prit le parti de se retirer chez les dames de la Croix, au cul-de-sac de Guéméné. Quant à ses fils, mineurs tous deux, l'aîné, Joseph-Paul de Montes-quiou, comte d'Artaignan, officier des gardes françaises, renonça à la succession ; le second, Louis de Montesquiou, chevalier d'Artaignan, l'accepta sous bénéfice d'inventaire.

Cette prudente mesure était pleinement justifiée. En effet, trois ans après, le curateur, Richard, avocat au Parlement, déclare « que la succession du comte d'Artaignan est encore chargée de près de 180 000 livres de dettes en principaux, procédantes soit de son chef, soit de la succession de feu le maréchal de Montesquiou, non compris les intérêts ou arré-rages qui en sont dus ».

Cependant la maréchale habitait toujours le Plessis ; et le château, depuis les réparations insuffisantes de 1725, était parvenu « à un tel état de vétusté, qu'il menaçait d'une ruine totale ». En présence des exigences de la Maréchale, Richard pensa plus avantageux de racheter le droit d'usufruit dont

10

elle jouissait et de mettre le château en vente, « pour profiter
des circonstances du temps où les biens-fonds se vendaient
au-dessus de leur valeur » [1]. A l'appui de sa proposition
il présentait une déclaration de Jacques-Richard Cochois,
architecte expert, bourgeois, déclarant que « tous les bâtiments du château ne sont susceptibles d'aucune réparation,
mais bien d'une démolition entière ». L'expert estime en
même temps la propriété 55 000 livres.

La Maréchale, « pour faciliter l'arrangement des affaires du
chevalier d'Artaignan », se démit de son droit d'usufruit
moyennant une somme de 8000 livres une fois payée et sous
la condition que le fief du Petit-Plessis ne pourrait être
vendu au-dessous du prix de 50 000 livres.

Le 13 août 1755, le Plessis cessa d'appartenir à la famille
de Montesquiou.

1. Papiers du château. Transaction d'usufruit, 15 nov. 1754.

PIERRE GOBLET

(1755—1763)

—— —

Il fut acheté par « Pierre Goblet, conseiller du Roy, son avocat au grenier à sel de Paris, chef de son gobelet, juge présidant actuellement au consulat de cette ville, demeurant rue Sainte-Croix-de-la-Bretonnerie, vis-à-vis l'église ». La vente, faite aux enchères, atteignit le prix de 56 000 livres (Sauvage, notaire). Une pièce assez curieuse, de la main même de Goblet, donne le détail des droits à payer et des frais accessoires qu'entraînait à cette époque la vente d'un immeuble.

Payé à Monsieur le chevalier d'Artaignan pour pot-de-vin . .	600
Et à Monsieur Richard son tuteur.	400
Payé à Monsieur Guillaume de Cailly, trésorier de Monsieur le comte d'Eu, seigneur du Plessis-Piquet, pour les droits féodaux et ensaisinement de mon contrat.	1000
Payé à Monsieur Corpelet, procureur de la Cour pour le décret du château et parc aux Requestes de l'hôtel et pour les deux deniers pour livre des décrets volontaires	546
Payé au sieur Sauvage, notaire, pour le contrat	240
Payé à ses clercs.	48

Payé à Monsieur Girault, à Lonjumeau, pour l'insinuation et
centième denier   672
Payé au même pour les droits de franc-fief   1210
                                                            ——————
                                                              4716

C'est en qualité de roturier que Goblet avait à payer ce
dernier droit de franc-fief pour jouir pendant une période de
vingt ans des droits attachés à la terre qu'il avait acquise.
Il lui avait été tout d'abord réclamé de ce chef 5200 livres.
Sur ses réclamations le droit fut réduit et modéré à 1210.
Une semblable différence implique une exagération volontaire
dans la demande primitive. C'est un curieux exemple de la
façon dont les fermiers des droits levaient les impôts.

Une autre pièce nous fait connaître en détail les impo-
sitions. C'est un avis imprimé de Harvoin, receveur des
tailles, rue du Roi-de-Sicile, près le petit Saint-Antoine,
année 1761.

Taille	12 livres	»
Quartier d'hiver		
Ustensile	4 livres 18 sols	
Capitation	4 livres	»
Quatre sols pour livre d'icelle. .	» » 16 sols	
Milices Garde-côtes	» » 6 sols	
	22 livres	

Pierre Goblet n'était pas un nouveau venu au Plessis-Piquet.
Dès 1737, marié à Marie-Marguerite Pennier, et n'étant alors
que chef de fourrière du Roi, il avait acheté en ce village,
touchant le parc, une grande maison à porte cochère sise
Grande Rue du Plessis, appartenant à Mathieu Berrier, chef
ordinaire des fruiteries du Roi, et à Marie Caïn sa femme.
Le contrat d'acquisition porte la signature autographe de

« Louise Bénédicte de Bourbon », duchesse du Maine, au bas d'un reçu des droits de lods et ventes.

Lorsqu'il eut acquis le fief du Plessis-Piquet, il vendit cette maison à un de ses collègues à la juridiction consulaire de Paris, Jean-Jacques de Nully, conseiller du Roi, inspecteur sur les vins, et à Geneviève-Guillone Paulus du Mesnil, son épouse. Il leur accorda, moyennant une somme de 1000 livres, le droit d'avoir, leur vie durant, une porte ouvrant sur le parc, avec l'autorisation d'y prendre la promenade et d'y faire passer leurs gens accompagnés par eux.

Sous la direction de Goblet, des travaux importants furent faits au château. L'aile comprenant la galerie qui menaçait ruine fut abattue, le reste des bâtiments restauré; un pont de pierre remplaça l'ancien pont de bois qui enjambait le fossé du côté de la cour. Au dehors il mit en bois les six arpents entourant l'étang et remplaça par deux rangs d'ormes les saules des talus. Devant la grande entrée du château, au village, il fit planter une avenue de 47 ormes, chargeant de les soigner et de les cintrer Claude Marne, marchand de vin au Plessis-Piquet. Enfin il meubla assez luxueusement le château. A sa mort, qui survint en 1763, il en fut fait un inventaire. On peut par les détails qu'il contient reconstituer l'ameublement d'un salon et d'une chambre à coucher de cette époque.

SALLE DE COMPAGNIE

Deux bras de cheminée à deux bobèches.
Deux tables à quadrille et une à piquet.
Un lit de repos damas et sa housse d'indienne.
Un canapé de tapisserie.
Une table à pied doré avec son dessus de marbre.
Dix fauteuils de canne, dont deux garnis d'oreillers de toile peinte.
Six chaises de canne.

Un lustre de cristal avec bobèches dorées.

Un écran de tapisserie.

Six croisées garnies de leurs rideaux d'indienne.

Dans un tournant une console dorée avec son dessus de marbre.

Un plateau garni de six tasses, un sucrier, une théière de terre d'Angleterre blanche.

Deux bras à deux bobèches en face de la cheminée.

Une pendule avec son pied.

Tout le surplus de ladite salle de compagnie en boiserie avec tableaux au lieu de tapisserie et tableau au-dessus de la porte.

CHAMBRE A COUCHER

Le lit est de damas cramoisi, de cinq pieds, garni d'une impériale, dossier, bonne grâce, courte-pointe et soubassement.

Une commode avec son dessus de marbre.

Une glace en trois parties avec sa bordure dorée.

Quatre fauteuils et deux chaises de tapisserie, un fauteuil de paille.

Deux rideaux de fenêtre de canaderie avec ses falbalas de mousseline brodée.

Une tapisserie verdure et personnages représentant Moïse et la chaste Suzanne.

Dans une autre chambre, un lit de satin blanc piqué.

NICOLAS-MATHIEU DUTROU

(1763—1776)

Le 18 juillet 1763, le Petit-Plessis fut vendu par les héritiers Goblet à Nicolas-Mathieu Dutrou, officier du Roi, et à dame Geneviève Sallior, son épouse, moyennant la somme de 90 000 livres, dont 78 966 pour les immeubles et 11 034 pour les meubles.

Rien de saillant ne nous est parvenu de la vie de Mathieu Dutrou. Il resta treize ans propriétaire du château. Au moment de sa mort, il avait entrepris une construction importante à droite du portail d'entrée. C'était une maison à deux étages, se reliant au château par une voûte jetée au-dessus du fossé à hauteur du premier.

Il avait renouvelé le mobilier du château. Dans le salon de compagnie les meubles étaient couverts de velours d'Utrecht cramoisi, les rideaux étaient de toile de coton encadrés de bordures de toile peinte.

Il y avait placé « une grande table dans le goût nouveau, ornée de sculptures, avec ses tiroirs; le dessus en marbre de brèche d'Alep ».

A cette époque les pièces intimes de l'habitation étaient les plus luxueusement meublées. On trouve dans l'inventaire des chambres à coucher un grand lit de quatre pieds de largeur à impériale de satin blanc brodé en soie de différentes couleurs, les pentes de tapisserie doublées de satin blanc, la courte-pointe de satin blanc brodée comme le reste du lit.

Une commode en marqueterie.

Les rideaux sont en toile rayée canaderie. Une tapisserie de Flandre couvre les murs.

Dans une autre chambre nous trouvons « un lit à impériale, dont l'impériale, dossier, bonnes grâces, courte-pointe sont d'étoffe d'or et doublés de satin blanc et encadrés de velours vert ».

JÉRÔME-FRÉDÉRIC BIGNON

(1776 — 1785)

———

Ce fut messire Jérôme-Frédéric Bignon, chevalier, conseiller du Roy en ses conseils, maître des requêtes ordinaire de son hôtel et bibliothécaire de Sa Majesté, seigneur de la Maufle, Vermanoir, Durozel, Barneville, Cuvigny et autres lieux, et sa femme Bernardine de Hennot, qui achetèrent le Petit-Plessis, le 6 juillet 1776, pour le prix de 100 000 livres.

Les Bignon sont une ancienne famille parlementaire, originaire d'Anjou. L'un d'eux, d'une remarquable précocité d'intelligence, fut placé en qualité d'*enfant d'honneur* auprès du Dauphin qui fut plus tard Louis XIII. « A dix ans, dit un biographe, il composait une description de la Terre Sainte, la plus complète jusqu'à cette époque. » C'était de la géographie intuitive. Plus tard il fut nommé grand maître de la bibliothèque du Roi. Cette charge se perpétua dans la famille.

Bignon fit continuer et compléter les travaux commencés par son prédécesseur. C'est à lui qu'on doit le bâtiment qui surmonte la grande porte d'entrée, tel qu'on le voit aujourd'hui.

Sur la place de l'église il fit construire le mur en terrasse
soutenant la cour supérieure, aujourd'hui transformée en
jardin [1].

Tout auprès, entre la ferme et le château, il éleva une
orangerie, avec une salle à l'extrémité opposée aux bâtiments. — Elle existe encore. — Il y avait trente-deux
orangers en caisse.

Le jardin en terrasse qui s'étendait auprès ne présentait
plus les dispositions géométriques chères aux vieux jardi-
niers français; il avait été « planté à la manière anglaise »,
et Bignon y fit élever « un rocher formant grotte surmonté
d'un pavillon à la chinoise et un kiosque orné de peintures
et de statues ».

Il mourut au commencement de l'année 1784. Sa succession se trouva tellement chargée de dettes, que sa femme y
renonça, et que ses deux enfants ne l'acceptèrent que sous
bénéfice d'inventaire. Le Plessis mis en vente fut frappé de
vingt-quatre oppositions par des créanciers de toute classe,
depuis Antoine de Chaumont, chevalier, marquis de la
Galaizière, conseiller d'État, intendant d'Alsace, jusqu'à Jean
Fouteil, frotteur chez M. le maréchal de Noailles.

---

1. Ce mur a été refait en 1869 par M. Georges Hachette.

M.ʳᵉ JEROME FREDERIC BIGNON.

Conseiller d'État Bibliothécaire du Roi
et Conseiller honoraire au Parlement de Paris.

LOUIS DUGAS

(1785—1793)

———

Mis aux enchères, le château du Plessis fut adjugé définitivement, le 8 janvier 1785, pour la somme de 106 050 livres, à Jean-Louis Dugas, chevalier, marquis de Villars, seigneur de Biricu, ancien officier aux gardes françaises, demeurant rue du Faubourg-Poissonnière.

Louis Dugas descendait d'une famille lyonnaise, les Dugas de Bois-Saint-Just, qui a donné à la ville trois prévôts des marchands; son grand-père, Laurent Dugas, magistrat et littérateur distingué, avait été l'un des sept fondateurs de l'Académie de Lyon en 1700. Lui-même aimait les lettres. Après avoir passé par l'armée, où il fit les dernières campagnes de la guerre de Sept Ans en qualité d'officier aux gardes, il fut employé par Louis XV à diverses missions diplomatiques. Marié à Benoîte-Geneviève de Maindestre, fille d'Antoine de Maindestre, receveur des finances pour la généralité de Lyon, et de dame Simon de Tolosan, il aimait à réunir autour de lui au Plessis une société nombreuse et élégante.

Les papiers du château ne fournissent que peu de documents sur les premières années de possession de Dugas. Heureux, peut-on dire, les propriétaires qui n'ont pas d'histoire ! Ce sont leurs procès qui laissent souvent les traces les plus durables. Donc Dugas jouit paisiblement de son bien. Il l'arrondit en achetant au duc de Penthièvre, du côté du Bois des Lunettes, une « hache rentrante » de peu d'étendue, qui lui permit de régulariser de ce côté le mur du parc. En échange de ces 25 perches de bois, il donna une sablière de 99 perches située à l'angle de la terrasse et consentit en plus, en faveur du duc, à payer « une rente irrachetable de trois septiers un tiers de blé de première qualité, à payer au jour de la Saint-Martin d'hiver, en deniers, par évaluation d'après les mercuriales au marché du blé de Paris qui aura précédé ladite échéance ». Cette rente variable présentait ce phénomène d'être d'autant plus élevée que la récolte était plus mauvaise et le blé moins abondant.

L'étang d'Écoute-s'il-pleut amena quelques difficultés avec les employés des eaux du duc de Penthièvre. Ceux-ci avaient coupé une des principales rigoles alimentant l'étang, pour détourner les eaux de la plaine directement dans l'étang du Plessis. Dugas réclama : il exposa que cet étang était la seule ressource du château et, grâce à l'autorisation qu'il donnait aux habitants de venir y puiser librement, la seule ressource du village. En cas d'incendie le salut du pays en dépendait. On fit droit à sa demande. Plus tard, pour éviter le va-et-vient des habitants venant à la fontaine dans la cour du château, il fit établir sur une citerne un branchement aboutissant à la place du village, volontairement et sans engagement pour l'avenir. Cette fontaine devait être, après la Révolution, l'objet de nombreux procès entre les propriétaires du château et la commune.

Une pièce assez curieuse, intitulée Reconnaissance d'Enre-

gistrement, provenant du « Bureau général des privilégiés »,
nous montre le propriétaire du Plessis autorisé à entrer an-
nuellement à Paris, sans payer de droits, une certaine quantité
de produits provenant ou pouvant provenir de sa propriété :

Un muid d'avoine ;

400 bottes de foin ;

40 cordes de bois ;

500 fagots ;

Volaille, gibier, œufs et fromages.

Le tout devant entrer par la porte d'Orléans.

Ce privilège, quoique assez important, n'était rien auprès
de la décharge d'impôts des propriétés foncières des familles
nobles. Les terres en roture en portaient presque seules la
charge, sans cesse grandissante.

En 1786, le village payait 2353 livres d'impôts ; l'année
suivante, 2384 livres ; en 1788, 2703 livres.

Cette dernière augmentation soulève les réclamations des
habitants du Plessis ; ils protestent dans un mémoire à leur
seigneur ; 1789 approche.

Nous sommes, en effet, arrivés à cette date. Cette plainte
des roturiers du Plessis à leur seigneur devient générale,
violente, irrésistible. C'est la France entière qui proteste
contre l'inégalité des charges ; ce n'est plus un mémoire isolé :
ce sont les cahiers des États généraux.

Mais bientôt ces légitimes demandes sont oubliées ; affolé
par une liberté subite, grisé par des promesses menteuses,
emporté par l'ambition des meneurs, subjugué par une
poignée de criminels qui s'imposaient par la terreur, le
peuple remplaça le despotisme bienveillant des anciens
seigneurs par le despotisme brutal et sanglant des commissaires de la République. Mérimée écrivait un jour à son ami
Panizzi : « Le plus grand malheur qui puisse arriver à un
peuple est d'avoir des institutions plus avancées que son

intelligence. » Cette réflexion devrait être sans cesse présente
à l'esprit des chercheurs de réformes.

Le petit village n'entra que timidement dans le grand
courant révolutionnaire. Il y fut poussé, un peu malgré lui,
par le comité de Bourg-la-Reine, devenu Bourg-l'Égalité,
chef-lieu de district, centre d'une ardente propagande.
Habitués à vivre entre le château et l'église, ses habitants
restaient attachés à ces deux symboles de l'ancien ordre
social, tandis qu'à Paris on les insultait, en attendant qu'on
les renversât. C'est ainsi qu'en 1790, le marquis Dugas ayant
perdu son fils aîné, les habitants lui firent encore présenter
une lettre de condoléance. Malgré ces témoignages d'attachement, le marquis, effrayé du voisinage de Paris, sollicité
par l'exemple des princes, émigrait peu de temps après et se
retirait dans la commune de Schotten, près Constance, en Alle-
magne. Beaucoup firent comme lui, et bientôt une petite armée
pleine de chimériques espérances bruyamment proclamées,
rebelle à toute discipline et ignorante de la valeur de ses
adversaires, s'échelonna le long de la frontière du Rhin.
L'Assemblée législative répondit à cette menace par une pro-
clamation sommant « Louis-Stanislas-Xavier, prince français,
de rentrer en France sous peine de perdre ses droits à la
Régence ». Le roi lui-même invitait les émigrés à regagner
leurs foyers. Ces deux proclamations furent envoyées aux
officiers municipaux du Plessis-Piquet, avec ordre d'en faire
donner lecture au prône de l'église. On sait l'inutilité de ces
tentatives.

BIEN NATIONAL

(1793—1795)

— — ——

Le marquis Dugas resta à l'étranger. Les mesures de rigueur
s'accumulèrent contre les émigrés ; comme le roseau survit à
l'orage, le Plessis échappa au décret ordonnant la destruction
des châteaux [1], mais rien ne put le soustraire aux décrets de
confiscation. On voulut d'abord louer le château pour une
durée de trois, six, neuf ans. La fidélité des habitants du
Plessis à la famille Dugas ne se démentit pas en cette occasion
et, par un subterfuge dans lequel la commune entière fut
sans doute complice, l'adjudication publique au district de
Bourg-l'Égalité, le 5 septembre 1793, fut faite au profit de la
citoyenne veuve Maindestre, c'est-à-dire au profit de la mère
de la marquise Dugas.

Après le châtelain, le curé était le personnage le plus
important du village ; c'était le confident et le conseiller de
tous. Tel était surtout le cas du vénérable abbé Dumaine, qui
occupait depuis 1758 la cure du Plessis. Il est curieux de

1. 1er février 1794.

suivre dans les pièces révolutionnaires des Archives la lutte
entre les sentiments d'affection du village pour son pasteur
et la crainte servile des comités révolutionnaires.

Quand la loi sur le serment civique avait été promulguée,
l'abbé Dumaine l'avait acceptée. Mais bientôt des scrupules lui
vinrent : la vue des excès sans cesse croissants à Paris, un mot
d'ordre aussi sans doute venu des chefs suprêmes de l'Église,
tout contribua à jeter le pauvre homme dans une anxiété, un
chagrin violents. Triomphant enfin de ses hésitations, il fit
remettre aux membres de la commune du Plessis-Piquet la
lettre naïve et touchante qu'on va lire :

« Je soussigné, prêtre, curé de la paroisse de Sainte-Marie-
Madeleine du Plessis-Piquet, diocèse de Paris, reconnais devant
Dieu que j'ai toujours été convaincu qu'aucun catholique ne
pouvait en conscience prêter le serment exigé par l'Assemblée
nationale sans faire les restrictions qui mettent à couvert les
droits de l'Église, et que c'est par cette raison que, le 2 janvier 1791, je l'ai prêté en y insérant la formule : sauf ma
conscience et la foi de l'Église catholique, apostolique et ro-
maine, dans laquelle je veux vivre et mourir. Mais depuis ce
temps-là, par faiblesse, par des vues humaines et pour entretenir la paix dans ma paroisse, j'ai laissé croire que je l'avais
prêté purement et simplement ; je l'ai même signé, j'ai encore
lu les mandements de monsieur Gobert, évêque constitutionnel
de Paris. Dieu m'a fait la grâce d'ouvrir les yeux et de reconnaître ma faiblesse et ma lâcheté. J'ai reconnu que, le premier
avantage étant de mourir chrétien, je devais à mes paroissiens
une profession pure, nette et précise de la foi catholique que
je leur prêche depuis trente-quatre ans sans avoir rien fait
qui y fût contraire ;

« En conséquence je déclare que, de mon propre mouvement
et par des motifs de conscience et de religion, je désavoue tout
ce que la faiblesse m'a fait faire et je rétracte autant qu'il est

en moi le serment que j'ai laissé croire que j'avais prêté purement et simplement, désirant que cette présente protestation devienne aussi publique qu'elle puisse l'être, de peur que le scandale que j'ai causé n'en entraîne plusieurs dans la marche dont je m'empresse de sortir.

« Au Plessis-Piquet, ce 3 juillet 1792.

« *Signé :* DUMAINE, curé du Plessis-Piquet. »

Le maire donna lecture de cette lettre à la municipalité assemblée. Il la termina par ces mots : « Cette démarche d'un pasteur que nous chérissons affligera sans aucun doute vos cœurs. » On était cependant dans l'obligation de faire connaître cette rétractation au district. Lambot, procureur de la commune, demanda que l'assemblée fît la déclaration suivante, dont copie serait remise à Bourg-la-Reine avec la lettre de l'abbé : « Qu'elle ressent un mortel déplaisir de la rétractation de M. Dumaine, curé de la paroisse, et que le jour où il sera forcé d'abandonner sa cure sera un jour de deuil pour tous les habitants. » La motion fut adoptée et copie donnée au curé « comme témoignage authentique du respect et de l'attachement des habitants de la commune pour sa personne[1] ».

Cet universel attachement du village pour l'abbé Dumaine ne compta pour rien auprès des comités révolutionnaires. La lettre de rétractation est du 3 juillet. Le 6, une lettre du procureur syndic de Bourg-l'Égalité notifiait à l'abbé qu'il était dépouillé de sa cure et lui ordonnait de vider les lieux; le 10, une lettre émanant du directoire du département de Paris, signée : La Rochefoucauld, président, ordonnait de convoquer les électeurs pour nommer un desservant au Plessis-Piquet.

1. *Archives nationales.* T. 1493.

Par suite, le dimanche 22 juillet 1792 et l'an IV de la
Liberté, les électeurs, au nombre de 21, se réunirent dans
l'église de Bourg-la-Reine, et, après avoir entendu la messe
paroissiale, ils procédèrent au vote : 19 suffrages étaient en
faveur de M. Fauvet, vicaire à Fontenay-aux-Roses. « Attendu,
dit le procès-verbal[1], que la paroisse du Plessis-Piquet est
sans un prêtre ; vu les travaux des champs, et attendu que
la patrie est déclarée en danger, ledit Fauvet est proclamé le
même jour d'urgence curé du Plessis-Piquet.

« L'assemblée électorale vote des remerciements pour les
soins et la vigilance apportés pour le bon ordre et la pompe
de cette cérémonie. »

Singulier mélange de respect et de violence envers la religion !

Du reste ils perdaient un peu la tête au Plessis-Piquet.
Les esprits étaient surexcités. Tous les habitants avaient dû
jurer, sur l'ordre du district, « d'être fidèles à la nation et de
maintenir de tout leur pouvoir la liberté et l'égalité et de
mourir en les défendant ». Bientôt on leur donna des armes.
Il y eut une garde nationale. Il ne manquait qu'une action
d'éclat : on l'eut. Voici le bulletin de victoire, un peu hon-
teux, qu'envoyait le maire Berteray :

A monsieur le Procureur syndic du directoire de Bourg-la-Reine.

MONSIEUR,

Il vient d'arriver un petit événement dans le lieu. La garde nationale
a arresté et conduit ici Monsieur Peryle, professeur de botanique, avec
environ cinquante de ses élèves qui ont offert même de la suivre. Cette
affaire a été terminée par relaxation de Monsieur Peryle et de ses élèves
et à la satisfaction générale.
Je suis avec respect, etc.

1. *Archives nationales.* T. 1493, cote 31.

La garde nationale du Plessis cernant une pension en promenade avait cru faire prisonnière l'armée de Condé !

Nous avons vu le château du Plessis confisqué, mis en location et adjugé à Mme de Maindestre. Cette mesure fut bientôt jugée insuffisante, et « à la requête du président du département de Paris, poursuites et diligences de l'agent national du district de l'Égalité », ces biens furent mis en vente et affichés dans toutes les communes du district ; des exemplaires de cette annonce furent envoyés jusqu'au directoire du district de Franciade, que, par vieille habitude, le scribe de l'acte que nous avons sous les yeux appelle encore Saint-Denis, de son ancien nom vite raturé. A Paris, c'est par les journaux que la future adjudication est annoncée au public. C'est la première mention de la presse dans l'histoire du château.

La vente eut lieu le 23 ventôse an III (13 mars 1795).

Le parc avait été divisé en cinq lots, dont voici la mise à prix, le prix d'adjudication et le nom de leurs acquéreurs :

	MISE A PRIX.	PRIX D'ADJU-DICATION.	ACQUÉREURS.
	livres.	livres.	
1er lot. Le château et une grande partie du parc.	73 176	121 600	Cagniet.
2e — Reste du parc (15 arpents)	11 880	27 390	Bruillon.
3e — Jardin potager de 2 arpents environ.	»	7 300	Allard.
4e — Deux arpents de bois taillis	1 584	4 600	Hanot.
5e — Les 6 arpents de bois taillis et l'étang.	»	14 300	Renat.

Un seizième du prix de vente appartenait à la commune.

LOUIS-JULIEN GOHIN

(1795—1801)

———

Aussitôt après la vente, les acheteurs des lots 1, 2 et 4 déclarèrent avoir agi au nom du citoyen Louis-Julien Gohin, négociant, demeurant à Paris, rue Neuve-Jean, Faubourg-Martin, n° 6.

Ces adjudications, dont l'ensemble s'élève à 175100 francs, seraient inexplicables, dans l'état d'anarchie où était alors la France, si l'on ne mettait en regard le mode de payement accordé aux acheteurs de biens nationaux.

L'acheteur devait acquitter dans les huit jours les frais de vente, dans le mois un dixième du prix d'achat. Il se libérait ensuite par dixièmes annuels. Il devait l'intérêt des sommes dues à 5 pour 100.

Mais ces facilités de payement n'expliquent pas encore les adjudications. Le secret de ces prix élevés, c'est que le payement pouvait s'effectuer en assignats. Or, dès cette époque, le papier avait subi une dépréciation effroyable et telle, que l'an IV un louis d'or valait, dit-on, 8000 livres en assignats.

Aussi est-ce en papier que Gohin se libéra pour la plus grande partie, ainsi que le montre le relevé suivant :

An II.	23 ventôse.	Achat des lots 1, 2, 4 : 153 500 livres.	
	13 germinal.	Versé : un titre de rente de 550 livres.	10 134
	»	assignats.	9 900
An III.	15 prairial.	assignats.	17 500
An IV.	9 frimaire.	assignats.	120 000
»	14 »		7 400
»	25 pluviôse.		1 700

Par cette division en cinq lots, l'étang se trouvait séparé du château. Le village, qui, avec l'autorisation du marquis Dugas, avait pris l'habitude de puiser l'eau à la citerne de la cour supérieure de la maison, et qui, depuis la confiscation du château, considérait cet usage comme un droit, s'émut de voir l'étang passer à un tiers qui en pourrait disposer à sa guise. Le maire et tous les officiers municipaux avaient, par une lettre collective adressée « aux délégués à la vente des biens nationaux », exposé « que l'eau de cet étang était de la plus grande nécessité pour les besoins de la commune, ainsi que pour l'acquéreur du château. Ils espéraient sur la justice des citoyens administrateurs pour que leur frère de la commune du Plessis-Piquet ne soit pas privé d'un avantage précieux, et qui peut être d'une grande ressource pour les malheurs des incendies ».

Cet appel fut entendu et l'article 12 du contrat de vente des divers lots imposa les servitudes nécessaires pour procurer à la commune et au château la jouissance des eaux de l'étang. Il fut stipulé que l'acquéreur du lot n° 5 — les six arpents de bois taillis et l'étang — ne pourrait rien planter sur les bords de l'étang, ni prétendre à la propriété des eaux, dont il n'aurait que la jouissance, ni en détourner le cours d'aucune manière; il serait en outre tenu de souffrir les

réparations des conduites, qui restaient à la charge du propriétaire du château. De son côté, la commune serait tenue
d'entretenir les rigoles conduisant l'eau dans ledit étang.
L'adjudicataire du lot n° 3 — jardin potager de deux arpents
environ — serait tenu de souffrir et d'entretenir à ses frais
les tuyaux qui conduisent l'eau à la citerne dans ledit jardin. Enfin, l'adjudicataire du lot n° 1 — château et parc —
serait tenu de souffrir les conduites d'eau de la commune, à
partir du réservoir situé dans la cour de la maison, ainsi
que les réparations des dites conduites (lesquelles réparations seraient faites aux frais de la commune), comme aussi
il serait tenu d'entretenir à ses frais les conduites aboutissant
à l'étang et de faire les réparations nécessaires à la citerne
qui se trouve dans le 3e lot.

Cet ensemble de servitudes laisse la nue propriété de
l'étang et de ses bords à l'acheteur du lot n° 5. Mais, cette
nue propriété ne pouvant offrir un intérêt que dans le cas
improbable de l'abandon définitif de l'usage des eaux de
l'étang, à la fois par le château et le village, cette nue
propriété ne fut jamais revendiquée par ses légitimes déten-
teurs. Elle fut au contraire l'objet de nombreux procès et
transactions entre la commune et les propriétaires successifs
du château.

Au moment où le Plessis était ainsi adjugé à Gohin, une
ancienne servante des Dugas, la femme Matton, veuve Chau-
vois, parvint à sauver, bien avec peine, dit-elle, les papiers
du château et les conserva jusqu'au retour de ses anciens
maîtres, à qui elle les renvoya. C'est grâce à elle que nous
avons pu reconstituer l'histoire du Plessis, et nous aimons
à citer ce trait de fidélité au malheur.

Nous avons peu de détails sur la vie de Louis Gohin. Il
avait épousé Marie-Suzanne Arthur.

Il fit peu de travaux au Plessis, qu'il agrandit seulement

13

par l'achat d'un petit terrain d'une étendue de 188 toises,
dépendant du cimetière qui touchait à l'église, et enclavé
dans les communs du château. Cet enclos, bien national
saisi sur l'église, lui fut vendu 748 livres, le 11 thermidor
an IV. A cette époque, l'État lui-même n'acceptait plus les
assignats pour leur valeur nominale et, pour cette somme,
Gohin versa 3939 livres en mandats et 99 fr. 1 c. en numé-
raire. Il s'était de plus engagé à construire une rampe d'escalier en pierre pour monter au cimetière, et un tour d'échelle
de trois pieds de large était réservé le long du mur de
l'église.

Le 3 floréal an VIII (avril 1800), il revendit le château du
Plessis-Piquet.

LOUIS ZENOBIO

(1801—1803)

———

Ce fut un Vénitien du nom de Louis Zenobio, demeurant rue Basse-du-Rempart, 258, qui l'acheta « moyennant la somme de 36 000 francs », espèces sonnantes de matière d'or ou d'argent et non autrement, de condition expresse et de rigueur ».

Cet étranger a laissé peu de traces. Nous savons seulement qu'il vendit moyennant 60 francs de rente foncière perpétuelle la portion du bois des Lunettes qui était située hors des murs du parc, et qu'il fit combler les fossés du château au-devant du salon. Le château n'avait pas été pillé; il y retrouva la plupart des meubles mentionnés à l'inventaire de 1776. Seule la chambre à coucher vit son mobilier de satin blanc remplacé par une tenture « en taffetas jaune garnie de franges et glands violets ». Quand, le 17 pluviôse an X (février 1802), il revendit sa propriété, il avait déjà quitté la France, et ce fut son banquier, Jean-Frédéric Perregaux, membre du Sénat conservateur, qui se chargea de toutes les formalités.

JACQUES-TOUSSAINT-PAUL DUBRETON

(1803—1808)

Le nouveau châtelain du Plessis-Piquet était Jacques-Toussaint-Paul Dubreton, commissaire ordonnateur en chef de la première division militaire de la garde des Consuls, demeurant à Paris, rue Saint-Dominique, maison Saint-Joseph.

Sous l'autorité de Bonaparte, l'ordre et la confiance reprenaient. Zenobio avait acheté sa propriété 36 000 francs; deux ans après il la revendait 80 000 francs. Ce prix fut encore augmenté d'un pot-de-vin de 2400 francs en or au profit du vendeur, et du prix d'une coupe de bois réservée et rachetée 2750 francs. L'acte de vente fait mention de 38 orangers, dont 21 de la première grandeur, qui sont estimés 2000 francs.

Dubreton, comme tout bon propriétaire, s'occupa d'arrondir ses terres et d'en faire disparaître quelque enclave.

Il acheta le 9 frimaire an XII (1er décembre 1803) le potager situé entre le parc, la ferme et la rue de la Ferme à François-Marin Gamas, homme de lettres, directeur du théâtre d'Orléans, représenté par son fondé de pouvoir Charles Dailly, pensionnaire de l'État. Le prix était fixé à 5925 fr. 95 ou 6000 livres en espèces métalliques d'or et d'argent. Pour faciliter l'accès de ce terrain, situé en terrasse, Dubreton fit établir un escalier démontable en fer.

Il fit aussi construire près de ce potager une vaste grange ; à la terrasse il fit démolir le pavillon, qui tombait en ruines ; enfin il obtint un arrêt rendu au nom de « Napoléon, empereur des Français, roi d'Italie et protecteur de la Confédération du Rhin », autorisant la commune à lui vendre la dernière enclave comprise dans ses communs, c'est-à-dire le cimetière du village, à la charge par lui de mettre en état un nouveau terrain fourni par la commune pour cet usage (août 1807).

Mais il n'usa pas lui-même de cette autorisation. Le 20 avril 1808 sa propriété était vendue. Un inventaire fut fait des meubles. Il est identique au précédent ; les prix seuls ont singulièrement augmenté : un fournisseur des armées vendait à un ministre.

Dans cet inventaire, quatre dessus de portes jusqu'ici qualifiés d' « originaux » sont attribués définitivement à Boucher.

CLAUDE-AMBROISE RÉGNIER, DUC DE MASSA

(1808—1817)

C'étaient Son Excellence monseigneur Claude-Ambroise Régnier, grand juge, ministre de la justice, décoré du grand aigle de la Légion d'honneur, et Charlotte Lejeune, son épouse, demeurant en leur hôtel, place Vendôme, qui avaient acheté le Plessis-Piquet au prix de 150 000 francs, dont 25 000 pour le mobilier.

Régnier était né à Blamont (Meurthe), le 6 avril 1746. Avocat au parlement de Nancy, il avait embrassé ardemment les idées nouvelles, fut élu député du tiers état et envoyé en qualité de commissaire de la République dans les Vosges, le Haut-Rhin et le Bas-Rhin, pour y prendre toutes les mesures que pourrait rendre nécessaires le voisinage des émigrés et des princes allemands possessionnés en Alsace. En 1795, nommé membre du Conseil des Anciens par son département, il fut choisi comme secrétaire et bientôt après comme président. L'âge et la cruelle expérience de ces années de terreur avaient modifié ses idées. Il favorisa le retour des émigrés, fit fermer le club du Manège, et, au retour de Bonaparte d'Égypte, il le

soutint résolument, présenta le décret du 18 brumaire trans-
férant les deux Conseils à Saint-Cloud et contribua par là
puissamment au succès du coup de main militaire. Bonaparte
ne l'oublia pas et le combla de ses faveurs.

Membre du Conseil d'État dès l'origine, ses études premières au barreau de Nancy le désignèrent pour la rédaction
du Code civil. Le 14 septembre 1802 il fut fait grand juge et
ministre de la justice, fonctions auxquelles il joignit jusqu'en 1804 la direction de la police. Grand-officier de la
Légion d'honneur en 1804, grand-cordon en 1805, il fut fait
duc de Massa le 15 août 1809.

Il venait d'acheter le Plessis. A cette époque les environs
de Sceaux étaient fort à la mode. La princesse Borghèse habitait à Châtenay et Napoléon chassait souvent dans les bois
de Meudon et de Verrières.

A part l'achat du cimetière préparé par son prédécesseur,
le duc de Massa n'apporta pas de changement à la propriété.

En 1811 il fut élu par le département de la Moselle membre du Sénat conservateur. L'empereur, refusant au Corps
législatif le droit d'élire son président, nomma Régnier à
cette fonction, avec le titre de ministre d'État.

Ce fut le comble de sa fortune; puis vinrent les revers,
1814, enfin l'abdication. Régnier ne survécut pas à sa grandeur et à la puissance de celui qui l'avait faite. Il mourut
quelques mois après, le 24 juin 1814.

Sa femme, son fils, le comte de Gronau, et sa fille, mariée
au baron de Mansay-Thiry, prirent le parti de vendre le
Plessis. Mais le retour de l'île d'Elbe, Waterloo, la seconde
entrée des alliés à Paris — ils mirent un poste au château
du Plessis — rendirent toute affaire impossible. Enfin,
en 1817, ils firent afficher que le château du Plessis-Piquet
était à vendre ou à louer.

CLAUDE-AMBROISE RÉGNIER,

DUC DE MASSA-DI-CARRARA,

Ancien Grand-Juge Ministre de la Justice,

Grand-Aigle de la Légion d'honneur,

Né le 5 Novembre 1746 à Blamont, Dép.t de la Meurthe.

à Paris, chez l'Auteur rue de Tournine, N.º 5 Faub. S.t Germain.

14

JEAN-BAPTISTE-HENRI COLLIN, BARON DE SUSSY

(1817—1827)

Il fut vendu le 5 août 1817 à Jean-Baptiste-Henri Collin, baron de Sussy, chevalier de l'ordre royal de la Légion d'honneur, administrateur des contributions indirectes, et à dame Victoire-Baptistine Muraire, son épouse.

Le prix était de 105 000 francs pour l'immeuble et de 20 000 pour les meubles.

La famille Collin de Sussy portait : *d'azur au caducée d'or, l'écu chargé de deux cantons supérieurs, celui de droite d'azur à une tête de lion d'or, le canton senestre échiqueté d'or et d'azur;* couronne de comte, tenants deux mercures.

Le baron de Sussy était fils du comte de Sussy, directeur général des douanes de Napoléon, ministre du commerce et des manufactures en 1812, ministre d'État et président de la Cour des Comptes au retour de l'île d'Elbe.

Lui-même avait fait la campagne d'Italie comme capitaine-adjoint à l'état-major de Bonaparte. Entré sous les ordres de son père à l'administration des douanes, il fut nommé en 1804 administrateur des contributions indirectes.

La Restauration adopta la famille de Sussy. Le père fut fait
pair de France en 1819. Le fils avait été confirmé dans son
poste. Plus tard il fut fait maître des requêtes, nommé pair
de France à la mort de son père et enfin directeur de
l'administration des monnaies.

Cependant l'ancien seigneur du Plessis, le marquis Dugas
de Bois-Saint-Just, était encore vivant. Nous l'avons vu émi-
grer à Constance. Il y perdit sa femme. Ruiné par la Révolution, il rentra sous l'Empire à Lyon, berceau de sa famille,
et se consola par la culture des lettres. Il publia successi-
vement *Paris, Versailles et les provinces au dix-huitième
siècle;* c'est un recueil d'anecdotes et de mots plaisants;
*les Sires de Beaujeu, ou Mémoires historiques sur les mo-
nastères de l'île Barbe et la Tour de la Belle Allemande;*
enfin *le Véritable Chemin de la Fortune.*

Vint la Restauration. Beaucoup parmi les anciens émigrés,
victimes de la Révolution, crurent au retour de l'ancien état
de choses; ils se voyaient déjà remis en possession de leurs
biens dispersés. Bien que la charte constitutionnelle donnée
par le roi déclarât « toutes les propriétés, sans exception de
celles qu'on appelle nationales, inviolables, et les acheteurs
de ces dernières légalement et légitimement propriétaires
incommutables », cependant, en face des représailles de la
Chambre introuvable, des excès de la Terreur blanche, des
tendances de l'entourage du comte d'Artois, bien des acheteurs de biens nationaux étaient mal rassurés sur l'avenir. Les
commissaires extraordinaires du roi (avril 1814) allaient
répandant partout que « le roi verrait avec satisfaction les
conciliations qui se feraient par des traités particuliers
entre les anciens et les nouveaux propriétaires »[1]. Beaucoup
crurent prudent de céder à cette insinuation.

1. De Vitrolles. *Mémoires.*

C'est ainsi que M. de Saint-Sauveur, qui avait été un instant en pourparlers pour l'achat du château du Plessis, s'était assuré la reconnaissance de ses droits éventuels par le marquis Dugas moyennant une somme de 25 000 francs. L'affaire n'eut pas de suite. Mais lorsque le baron de Sussy eut acheté la terre, il jugea, lui aussi, prudent de se garantir contre toute revendication future. M. de Fleurieu, ami du marquis Dugas, ayant parlé d'une somme de 15 000 francs à verser en échange d'un renoncement formel de la part des anciens propriétaires, M. de Sussy accepta. Sur ces entrefaites, le comte Dugas, fils aîné du marquis, arriva à Paris pour traiter lui-même l'affaire et, désavouant M. de Fleurieu, maintint la demande de 25 000 francs. Échange de lettres assez vives et finalement offre par M. de Sussy de céder son parc au prix coûtant au marquis Dugas. On ne l'accepta pas et la convention suivante fut signée entre les deux parties :

« Le comte et la comtesse de Sussy, prenant en considération les malheurs éprouvés par le marquis Dugas par suite de son émigration et désirant faire avec lui et avec monsieur son fils un arrangement qui leur soit agréable, leur ont offert volontairement à titre d'indemnité une somme de 15 000 francs, que M. le comte Dugas a acceptée.

« De son côté, et au moyen de cette indemnité, M. Dugas a abandonné et cédé à M. et Mme de Sussy tous les droits et prétentions que pouvaient et auraient pu avoir par la suite M. le marquis Dugas et son fils, sous aucune réserve que celle relative à l'indemnité que le gouvernement projetait d'accorder aux émigrés [1]. »

---

1. Le marquis Dugas se retira aux environs de Lyon. Il publia un dernier ouvrage : *Catéchisme politique à l'usage des sujets fidèles,* 1819. Nommé membre de la Légion d'honneur et chevalier de Saint-Louis, maire de la commune de Saint-Genis-Laval, il mourut en 1820, au château de Lorette.

Ainsi pleinement rassuré, le baron de Sussy put jouir tranquillement de sa propriété.

Des questions de mitoyenneté, soulevées par la fabrique de l'église, furent tranchées par un traité approuvé du préfet de la Seine, comte de Chabrol.

L'ancien cimetirre, acheté par son prédécesseur, fut transformé en basse-cour.

Le mur du parc, descendant de la terrasse vers l'étang du Plessis, fut définitivement régularisé par l'achat de quelques parcelles du bois des Lunettes.

Enfin, pour s'assurer la conservation de la vue splendide de la terrasse, il acheta plusieurs terrains situés au pied du mur qui la soutient. Parmi ces lopins de terre, certains avaient été régulièrement vendus comme biens nationaux, d'autres avaient été occupés sans titres et depuis transmis par vente ou héritage. Pour ces derniers, la revendication des anciens et légitimes propriétaires amena d'inextricables procès. Enfin le comte Dugas put faire valoir ses droits sur 12 parcelles illégalement occupées et vendues au comte de Sussy. Une transaction accorda à l'ancien propriétaire une indemnité de 900 francs et valida la vente.

Ce n'était pas l'époque des recherches artistiques dans le mobilier. Un inventaire nous montre que les tentures et les meubles étaient de toile de Jouy à fond jaune. Le goût de l'Empire est marqué par des « thyrses » qui soutiennent les rideaux, des « pendules et vases en albâtre avec leurs verres ».

En 1827 le comte de Sussy abandonna le Plessis-Piquet. Il le loua pendant l'été de cette année à Mme de Nantouillet, comtesse de Montsoreau. Peu après il le vendit.

JAMES ODIER

(1827—1854)

Le 2 août 1827, M. Antoine Odier, dit James Odier, négociant, censeur de la Banque de France, chevalier de l'ordre
royal de la Légion d'honneur, acheta le Plessis pour la somme
de 180 000 francs ; il prit en outre le mobilier garnissant
le château moyennant 20 000 francs ; enfin il dut donner
3000 francs d'épingles.

Les Odier sont une famille protestante du Dauphiné, ré-
fugiée à Genève après la révocation de l'édit de Nantes.

Un d'eux, après avoir fait ses études médicales à Édim-
bourg, fut en France un des premiers et des plus ardents
propagateurs de la vaccine.

L'acheteur du Plessis était son neveu. Antoine Odier était
né à Genève en 1766. Il rentra en France à la promulgation
de la loi rendant la qualité de Français aux descendants des
anciens réfugiés protestants. Élu à la municipalité de Lorient
aux débuts de la Révolution et compromis avec les Girondins,
il resta longtemps en prison. Mis en liberté, il quitta la
France, voyagea en Europe et revint sous le Consulat fonder

une manufacture de toiles peintes à Wasserling (Haut-Rhin).
Juge au tribunal de commerce de la Seine, président de la
Chambre de commerce, membre du Conseil supérieur du
commerce, plus tard censeur de la Banque de France, sa
fortune politique fut aussi heureuse que sa carrière com-
merciale : député en 1827, après la révolution de 1830 il
était nommé conseiller général de la Seine et pair de France
en 1837.

Il avait épousé Mlle Suzanne-Élisabeth Boué. Sa fille, Claire
Odier, devint la femme du général Cavaignac.

Il resta propriétaire du Plessis jusqu'à sa mort, survenue
en 1853. Durant cette longue période de vingt-six ans il apporta peu de changements à la propriété, se contentant de
défendre la sécurité de la terrasse contre les affouillements
de la sablière voisine, au moyen d'un arrêté du préfet de la
Seine, comte de Bondy, qui en interdit l'exploitation.

LOUIS HACHETTE

(1854-1864)

Le 19 juillet 1854, le château du Plessis et ses dépendances furent achetés aux héritiers Odier par Louis-Christophe-François Hachette, libraire-éditeur, rue Pierre-Sarrazin, 12.

Louis Hachette, né à Réthel en 1800, était fils de Jean Hachette et d'Élisabeth Ledouble. Né pauvre, chassé de l'École normale par une persécution qui a fait date dans l'histoire, il se réfugia à vingt-deux ans dans une petite librairie scolaire, assembla autour de lui ses compagnons de disgrâce, les associa à son travail et força les collèges fermés à leur personne de s'ouvrir à leurs livres. *Sic quoque docebo*, telle fut la devise du professeur devenu éditeur.

Louis Hachette eut au plus haut degré le don de l'organisation et de la direction générale. Ses plans étaient si vastes, que vingt ans après sa mort ses successeurs travaillent encore à les remplir. C'est lui qui a commencé cette édition des classiques français qui n'est pas encore terminée, le grand Dictionnaire de Littré, les saints Évangiles avec les illustrations de MM. Bida et Rossigneux, et cette encyclopédie de diction-

15

naires que l'on tient au courant des découvertes scientifiques
nouvelles, des noms et des événements que met au jour l'histoire contemporaine. La largeur de ses vues se manifestait en
toutes choses : de bonne heure il plaida la cause de la propriété littéraire internationale ; un des premiers il abandonna
le système d'achat pur et simple d'un manuscrit à son auteur
pour lui attribuer une participation aux bénéfices produits
par son œuvre. Ses collègues, reconnaissant sa haute intelligence, le nommèrent président de leur association syndicale,
connue sous le nom de Cercle de la Librairie ; il participa
aussi à la création du Comptoir d'escompte. La croix de chevalier de la Légion d'honneur vint reconnaître les services
qu'il avait rendus à l'instruction générale de son pays et à
l'avancement des sciences.

Sa vie fut simple, exempte d'ambition et fidèle aux idées
libérales qu'il avait défendues les armes à la main en 1830
et en 1848.

En dehors de ses affaires, il n'accepta jamais que des fonctions gratuites, telles que celles de membre du Conseil de
l'Assistance publique et de maire du Plessis-Piquet.

Marié en 1827 à Mlle Barbedienne, il eut la douleur de la
perdre pendant l'épidémie cholérique de 1832. Un second
mariage l'unit en 1836 à Mme veuve Auzat, dont il eut un fils,
M. Georges Hachette, propriétaire actuel du Plessis-Piquet.

Pendant les dix années (1854-1864) durant lesquelles il vint
passer ses étés au Plessis, Louis Hachette se plut à y réunir
ses nombreux amis : c'était l'élite du monde universitaire et
des écrivains ses contemporains, les Quicherat, Jules Simon,
Victor Duruy, Edmond About, Xavier Marmier, etc.

Il fit faire de grands travaux dans le parc : démolissant le
vieux mur qui soutenait devant le château une terrasse
plantée à la française, il fit passer à la place une allée car-
rossable qui, par une pente douce, conduisit de la cour du

LOUIS HACHETTE

château à la pointe extrême du parc dans la vallée, remplaçant ainsi par une promenade au milieu des bois l'ancienne et pénible route d'entrée. Puis, par un large abatis, il dessina les deux vastes pelouses qui s'étendent en face du château. Au moment de sa mort, le grand-père, fier de sa nombreuse famille, avait fait commencer les constructions d'une vaste salle pour recevoir à sa table ses enfants, ses petits-enfants et ses nombreux amis; son fils l'a terminée.

Louis Hachette aimait le Plessis; c'est là qu'il mourut le 31 juillet 1864.

GEORGES HACHETTE

(1864)

—

C'est à son fils Georges, resté avec son frère et ses beaux-
frères à la tête de la maison de librairie fondée par son
père, qu'échut le Plessis-Piquet, dont il est encore actuellement propriétaire. Il s'est marié en 1868 à Mlle Teyssier.
Membre du Tribunal de commerce et de la Chambre du
commerce, ses confrères l'ont appelé à deux reprises différentes à la présidence du Cercle de la Librairie. Il est chevalier de la Légion d'honneur.

La guerre de 1870 chassa de leur demeure les habitants
du Plessis-Piquet. Le 18 septembre, le général Ducrot établit dans le village le 15e régiment de marche, tandis que
d'autres troupes occupaient le bois de Meudon et la ferme
de Trivaux. Le lendemain, la lutte s'engagea sur une ligne
très étendue, depuis Fontenay jusqu'au Petit-Bicêtre, avec
les troupes allemandes du Ve corps. Perdu, repris, abandonné de nouveau par nos troupes, le château était définitivement occupé le soir de cette journée par un régiment

bavarois, qui y resta presque jusqu'aux derniers jours du siège.

Fouillant le château de fond en comble, les hommes eurent bientôt fait de découvrir des caves bien pourvues, qui furent lestement vidées.

Dans le parc, les murs furent percés de meurtrières et en partie abattus, plusieurs centaines de vieux chênes coupés pour la construction des abris blindés et des poudrières, des emplacements de batteries préparés à la grande et à la petite terrasse pour défendre les revers des célèbres batteries de Châtillon.

L'hiver vint, très rude. Peu à peu les parquets, les persiennes, les meubles même disparurent dans les cheminées ; les objets d'art, les pendules surtout, furent échangés contre des litres d'eau-de-vie aux brocanteurs allemands, à cette suite des armées que Detaille a peinte depuis avec un esprit vengeur. Les Poméraniens se distinguèrent, même durant l'armistice, par leurs destructions inutiles et brutales.

La paix faite, le château, à peine évacué par les Allemands, fut occupé par les troupes françaises, que la criminelle insurrection de la Commune obligeait à faire, à leur tour, le siège de Paris. Le général Lacretelle et 5000 hommes, avec 600 chevaux, furent cantonnés au Plessis.

Enfin le calme se rétablit et les traces de l'année terrible s'effacèrent lentement.

Depuis cette époque, construisant de nouvelles serres, remaniant les bâtiments des communs, refaisant sur un plan nouveau le grand perron d'entrée, apportant à l'entretien de son parc beaucoup de soin et de goût, M. Georges Hachette a fait de sa propriété du Plessis-Piquet une des plus charmantes résidences du voisinage immédiat de Paris. A peine sorti des portes de la ville bruyante, on y trouve le

calme, l'isolement, la fraîcheur d'un parc perdu au milieu des grands bois ; et aujourd'hui, comme au temps où Chastillon en gravait l'image, on peut dire : Le Plessis-Piquet, maison de plaisir.

Paris, Février 1885.

16

TABLE CHRONOLOGIQUE

11 870. — Imprimerie A. Lahure, rue de Fleurus, 9, à Paris.

Imprimerie A. Lahure, 9, rue de Fleurus, à Paris